Blaues Licht

Gary Paulsen

Blaues Licht

Aus dem Amerikanischen
von Cornelia Stoll

CARLSEN

1 2 3 4 03 02 01

Originalverlag: Bantam Doubleday Dell Books for Young Readers / Random House 1999
Originaltitel: The Transall Saga
Umschlag: Doris K. Künster
Satz: H & G Herstellung, Hamburg
Druck und Bindung: Pustet, Regensburg
ISBN 3-551-58047-2
Printed in Germany

Kapitel 1

Die Wüste war ungewöhnlich still. Eine leichte Brise strich auf ihrem Weg nach Norden spielerisch über den kargen Bewuchs am Fuße des Cañons.

Der dreizehnjährige Mark Harrison saß auf einer Schieferplatte und beobachtete ein kleines Ameisenvolk, das sich mit den Resten seines Müsliriegels abmühte.

Der Gegenwart des Menschen nicht gewahr, spazierte ein Langbeinkuckuck bis an den Fels heran und blieb unter einer blutroten Kaktusblüte stehen. Mark setzte sich zurecht und der Kuckuck tippelte schnell in die entgegengesetzte Richtung davon.

Mark gähnte, obwohl es noch nicht spät war. Der Schein der Sonne über den blaugrauen Bergen im Westen war noch nicht vollständig verblasst. Aber er hatte einen langen Tag gehabt, war weiter gewandert als an jedem der vorangegangenen drei Tage.

Seine Eltern hatten ihm für die Wanderung über die ehemalige Magruder Raketenbasis nur eine kurze Woche zugestanden. Und seine Mutter hatte gedroht die National Guard zu verständigen, sollte er Samstagnachmittag nicht am vereinbarten Treffpunkt sein.

Trekking war Marks große Leidenschaft. Er sparte jeden Cent vom Zeitungaustragen für seine nahezu perfekte Outdoor-Ausrüstung. In seiner Freizeit las er Survivalbücher und -zeitschriften, um auf dem Laufenden zu bleiben. Bis jetzt hatte er jedoch nur kurze, leichte Touren machen dürfen und erst zweimal hatte er unter freiem Himmel geschlafen.

Aber diesmal hatte er das große Los gezogen.

Mark streckte sich, fuhr sich mit der Hand durch das kurze braune Haar und schnappte sich die Isomatte und den Rucksack. Er wollte im Cañon übernachten. Die Stille um ihn herum war für einen Jungen aus der Stadt vielleicht etwas beängstigend, aber im Cañon floss ein Rinnsal und am Südhang ragte ein toter Baumstumpf in die Luft, der jede Menge Brennholz versprach.

Sobald das Feuerchen knisterte und das Nachtlager bereitet war, streckte Mark sich auf dem weichen Daunenschlafsack aus und starrte hinauf zu den Sternen. So sollte es sein. Später wollte er ein Leben führen, in dem er immer unter freiem Himmel übernachten konnte.

Wieder gähnte er und wollte sich gerade zum Schlafen einkuscheln, als ein feuriger Ball über den Rand des Cañons hinwegschoss.

Das brennende Ding war nicht größer als eine Grapefruit, um die bläulichen Ränder glühte es hellorange. Als es den Boden berührte, tanzte es Funken sprühend auf und ab und löste sich dann zischend in nichts auf.

Mark griff nach der Taschenlampe und tastete nach dem Fotoapparat. Dann kletterte er auf die erdige Böschung und sah sich um. Zu seiner Rechten, hinter einem riesigen, rechteckigen Felsbrocken, sah er ein hell schillerndes, weißblaues Licht, das wie ein Strahl vom Himmel her auf die Erde fiel.

Mindestens eine Minute lang beobachtete er gebannt diesen merkwürdigen Lichtkanal. Er bestand aus zwei elektrisch hoch geladenen Strängen, die sich mit großer

Kraft gegenseitig abstießen. Da beide Seiten aber gleich stark waren, standen sie, von den durch die enorme Spannung erzeugten Funken abgesehen, wie bewegungslos im Raum.

Mark schüttelte den Kopf. Das musste er sich näher ansehen. Vielleicht war es irgendein Experiment, das die Air Force früher einmal hier durchgeführt und vergessen hatte oder …, er schluckte, oder es handelte sich um etwas Außerirdisches.

Mark ging Schritt für Schritt näher und schoss laufend Bilder. Als er an den Felsbrocken kam, knipste er die Taschenlampe an und suchte eine Aufstiegsmöglichkeit.

Oben war der Fels abgeflacht. Er zog sich hinauf, setzte sich und sah staunend, wie durch das Innere des Kanals Myriaden von Farben, von Rot, Blau, von Gelb, wogten. Es war wie eine großartige Lasershow, mit ihm als einzigem Zuschauer.

Langsam streckte er die Hand aus, um festzustellen, ob das Licht heiß war. Zu spät hörte er das Rasseln, dann spürte er den Biss der Schlange.

Mark zuckte zurück und sprang auf. Durch die heftige Bewegung verlor er das Gleichgewicht und fiel – fiel vom Fels hinab hinein in das Licht.

Kapitel 2

Die Luft war schwer und feucht und roch nach Regen. Mark öffnete die Augen. Es war Tag, aber die Sonne war scheinbar von Wolken verdeckt und alles lag im Schatten. Sein Kopf pochte und fühlte sich tonnenschwer an.

Er versuchte sich zu erinnern. Das Licht. Der blaue Lichtkanal und dann ... die Schlange. Er sah auf seine Hand, die leicht auf seiner Brust ruhte. Sie war nicht geschwollen und tat sonderbarerweise auch nicht weh.

Mark hob sie näher an die Augen heran. Nirgends konnte er Spuren des giftigen Schlangenbisses entdecken. Er bewegte die Finger. Sie funktionierten tadellos. Als sei nichts geschehen. Er ließ den Arm in das hohe, rote Gras an seiner Seite sinken.

Gras? Rot? Mark rieb sich die Schläfen. »Ich fantasiere wohl.« Er drehte den Kopf. Bäume. Es gab Bäume hier. So viele, dass sie ihm die Sicht auf den Himmel versperrten. Die Blätter waren von einem stumpfen Braunrot, genau wie das hohe Gras und das Gestrüpp um ihn herum.

»Da stimmt doch etwas nicht.« Mark rappelte sich zum Sitzen auf. Darüber hatte er schon einmal gelesen, über Schlangenbisse und die Folgen. »Es muss an dem Gift liegen. Es ist in den Kopf gestiegen und jetzt halluziniere ich.«

Er atmete tief durch und stand auf. Die sandige Wüstenlandschaft war verschwunden, hatte sich in dichten

Urwald verwandelt. Der Cañon, in dem er die Nacht zuvor kampiert hatte, war nirgends zu sehen. Auch der Fels und das blaue Licht waren verschwunden. Alles sah ganz anders aus.

Hinter den Bäumen ertönte ein Schnauben. Ein großes, haariges Tier, einem Büffel ähnlich, kam aus dem Wald. Es hatte lange Hauer, kleine, runde Augen und eine Schnauze wie ein Schwein. Das Ding warf seinen zottigen Kopf hin und her, schnüffelte und schnaubte.

»Das kann doch nicht wahr sein.« Vorsichtig näherte Mark sich dem nächststehenden Baum. Schon bei der ersten Bewegung hatte das Tier ihn erspäht. Es stampfte mit seinen großen Hufen auf und senkte angriffslustig den massigen Kopf.

Mark blieb keine Zeit zu überlegen. Er sprang hoch, bekam einen Ast zu fassen und schwang sich gerade noch rechtzeitig auf den Baum, bevor die scharfen Hauer unter ihm entlangjagten. Das Tier blieb auf der anderen Seite des Baumes stehen und nahm wieder Witterung auf. Es konnte sein Opfer aber nicht mehr ausmachen, schnaubte und trottete in den roten Wald zurück.

Mark blieb auf dem Ast sitzen. Er zitterte am ganzen Leibe und durch seinen Kopf wirbelten die Gedanken. »Also gut. Eine Halluzination würde mich wohl kaum angreifen. Das hier muss real sein«, flüsterte er. »Aber wo bin ich hier? Und wie bin ich hierher gekommen?«

Er versuchte sich an die vergangene Nacht und an das energiegeladene Licht zu erinnern. »So muss es sein. Es muss mit dem blauen Licht zusammenhängen. Als ich in den Lichtkanal fiel, wurde ich weggetragen ... aber wohin? Ich weiß nicht einmal, ob ich mich noch auf der Erde befinde.«

Die Leere in seinem Magen erinnerte ihn daran, dass die Frühstückszeit längst vorüber war. Er schüttelte diesen Gedanken ab und überlegte weiter. »Okay, ich befinde mich in einer anderen Welt, vielleicht sogar auf einem anderen Planeten. Wo es rote Gummibäume und verrückte Tiere gibt. Aber ich bin immer noch ich. Meine Kleider sind dieselben. Ich habe Hunger. Also, was soll ich tun?«

Er vergewisserte sich, dass das Büffelwesen auch wirklich fort war, dann glitt er vom Baum herab. »Jetzt muss ich ...« Mindestens eine halbe Minute kam nichts. Keine Antwort. Dann zuckte er die Achseln. »Jetzt muss ich mich ... ich muss mich umsehen. Mal sehen, womit wir es hier zu tun haben.«

Das dichte, verknäulte Buschwerk verfing sich in seinen Hosenbeinen und machte das Gehen schwierig. Oft konnte er nur ein paar Meter weit sehen, außer wenn er über eine Lichtung kam.

Inzwischen hatte es angefangen zu regnen. Die Regentropfen prasselten schwer hernieder, drangen aber kaum durch das dichte Blattwerk. Sie perlten von einer Blätteretage zur nächsten und nur wenige erreichten den Erdboden.

Er streckte die Zunge heraus und fing einen Tropfen auf. Er schmeckte nicht wie der Regen zu Hause. Dieser Regen hier war bitter und roch wie die Medizin, die seine Mutter ihm bei Erkältungen einflößte.

Kopfschüttelnd zog er den Kompass aus der Hosentasche. Die Nadel drehte sich wild hin und her, dann pendelte sie sich auf eine Richtung zu seiner Rechten ein. Er schob den Kompass wieder in die Tasche.

»Etwas können wir festhalten«, sagte er. Er fühlte sich wohler, wenn er laut sprach. »Nehmen wir also an, dass es hier einen Norden gibt. Wenn ich also in diese Richtung gehe ...« Er ging zwei Schritte weiter und versank plötzlich bis zu den Knien in klebrigem, rotem Schlamm. Er versuchte herauszukommen, aber mit jeder Bewegung wurde er weiter hineingezogen.

Sumpf.

Nein ... Nur keine Panik. Du kennst das. Erinnere dich, im letzten Trekking-Magazin hast du darüber gelesen. Er steckte schon schenkeltief im Morast und wurde immer weiter hinabgezogen.

Okay ... flach. Genau. Nicht kämpfen. Da stand, dass man sich flach hinlegen und mit Schwimmbewegungen herauspaddeln soll und dabei den Schlamm vom Gesicht wegschieben muss. Er holte tief Atem und ließ sich auf den Bauch fallen. Sofort legte sich der Morast um seine Kleidung, verklebte sein Gesicht und zog ihn in die Tiefe. Sein ganzer Körper war jetzt von Schlamm bedeckt.

Mark nahm all seine Kraft zusammen. Er gewann kostbare Zentimeter, die er gleich wieder verlor, da er ständig weiter nach unten gesogen wurde.

Er bekam keine Luft mehr. Mit letzter Anstrengung riss er die Arme hoch und versuchte nach oben zu greifen.

Seine linke Hand bekam irgendetwas nahe dem Rand des Sumpflochs zu fassen. Eine Wurzel. Mark zog sich daran hoch und spuckte aus, sobald er mit dem Kopf auftauchte. Mit der anderen Hand griff er nach einem Strauch und hievte sich langsam weiter, bis sein Oberkörper auf festem Boden lag.

Dann wischte er sich den Schlamm von den Nasenlöchern, atmete rasselnd durch und zog die Beine nach. Zu erschöpft um aufzustehen rollte er sich auf die Seite, schloss die Augen und ruhte sich aus.

Über ihm in den Blättern hörte er ein Rascheln. Etwas Weiches, Warmes platschte auf seine Stirn. Er öffnete die Augen. Vögel. Er riss ein Büschel Gras aus und wischte sich den Vogeldreck von seinem schlammverschmierten Gesicht ohne dabei die Augen von den Bäumen zu lassen. Er konnte die Vögel, die die Farbe der Blätter hatten, kaum ausmachen. Je länger er hinaufstarrte, umso deutlicher erkannte er ihre Umrisse. Ihre breiten Federn waren den Blättern täuschend ähnlich und die langen, bräunlichen Schnäbel sahen aus wie Zweige.

»Wenigstens gibt es in dieser dämlichen Gegend noch andere Lebewesen als dieses Büffeltier.« Mark kraxelte auf die Füße. Schleimiger, roter Matsch fiel in Klumpen von ihm ab, aber trotzdem blieb noch eine dicke, klebrige Schicht an Haut und Kleidung hängen.

Er war erschöpft, der Mund vom Atmen ausgetrocknet. »Wasser. Wenn ich diesen ... Traum ... oder was es auch immer ist, überleben möchte, muss ich Wasser finden.«

Vorsichtig den Sumpf vermeidend ging Mark durch dichtes Unterholz und erreichte eine große, rote Wiese aus hohem, wogendem Gras, von wo aus er endlich ein Fleckchen Himmel erspähen konnte. Doch statt des strahlenden Blaus von gestern war der Himmel in diesiges Gelb getaucht.

Ein hasenähnliches Geschöpf mit langem, gekräuseltem Fell hoppelte wie ein Känguru auf den Hinterläufen über die Lichtung. Als es ihn entdeckte, scherte das haarige Knäuel seitlich aus und verschwand. Mark sah ihm nach. »Ich komme mir vor wie Alice im Wunderland. Jetzt fehlt nur noch der Schnapphase.«

Der plötzliche Regenguss hatte seichte Pfützen auf der Wiese hinterlassen. Mark ließ sich auf die Knie nieder und schöpfte die bittere Flüssigkeit in seinen Mund. Es schmeckte nicht besonders gut, aber er musste damit vorlieb nehmen, denn etwas anderes gab es nicht. Vielleicht, dachte er zweifelnd, überlebe ich es ja.

Er trank, bis ihm die Seiten schmerzten und das Wasser fast wieder oben hinauslief. Dann ließ er sich ins hohe Gras fallen, um sich auszuruhen. Ein Weilchen nur wollte er hier bleiben ... nur für ein kleines Nickerchen ... oder ...

Sein Rücken brannte wie Feuer. Er sprang auf und begann wild um sich zu schlagen. Jetzt brannten auch Arme und Beine. Kleine, längliche Insekten, wie winzige Skorpione mit Fühlern und langen Beißzangen, schwirrten um ihn herum und bissen Fetzen aus seiner Haut, als wollten sie ihn bei lebendigem Leibe fressen.

Mark riss sich das Hemd herunter, schüttelte es aus und versuchte damit die Plagegeister abzurubbeln. Aber sie ließen nicht von ihm ab. Mit beiden Zangen hatten sie sich in sein Fleisch vergraben. So viele wie möglich schlug er mit der flachen Hand tot, aber einige musste er sich mitsamt einem Fetzen Haut ausreißen.

An Hals, Rücken, Brust und Armen bildeten sich zwischen den Rissen des getrockneten Schlamms hektisch rote Schwellungen.

Um ganz sicherzugehen, dass kein Insekt mehr an ihm hing, rannte Mark zum nächsten Baum und rieb sich daran. Dann zog er die Stiefel und die übrigen Kleider aus.

Taschenmesser, Streichhölzer und Kompass legte er

neben sich und schüttelte die Jeans danach kräftig aus. Als er sich vergewissert hatte, dass kein Insekt mehr in der Hose war, stieg er behutsam in ein Hosenbein.

Hinter ihm ertönte ein bekanntes Schnauben. Regungslos blieb er stehen. Ohne sich umzusehen ließ er die Jeans zu Boden gleiten und rannte hinter den Baum.

Der Büffel rammte seine Hauer in den Stamm. Vögel flogen auf und manche wurden durch die Wucht des Schlages von den Zweigen geschüttelt und fielen kreischend nach unten. Das Tier achtete nicht darauf, ging ein paar Schritte zurück, nahm erneut Anlauf und rammte den Baum immer wieder, bis schließlich einer seiner langen Hauer in einer Spalte stecken blieb.

Mark nutzte die Gelegenheit und flüchtete sich ins dichte Unterholz auf der anderen Seite der Lichtung. Als das Ungeheuer sich endlich befreit hatte, saß Mark bereits wohlbehalten auf einem anderen Baum.

Der Büffel schnüffelte, schon wieder hatte er die Witterung verloren. Wütend stampfte er um den Baum herum und entdeckte Marks Kleider. Mit Hauern und Hufen begann er sie in Stücke zu reißen. Dann machte er sich über die Wanderstiefel her.

»Nein«, schrie Mark. »Die brauche ich noch!«

Der Büffel hielt inne. Dann schnaubte er Schleim aus der Nase und trottete auf der Suche nach der Stimme bis in die Mitte der Wiese, einen Stiefel immer noch zwischen den Zähnen.

Das dumme Vieh kann höchstens drei Meter weit sehen, dachte Mark. Vorsichtig kletterte er hinten am Baum herab und schlich zum nächsten Baum. Auf diese Weise, dem Blick des Büffels durch die Bäume entzogen, gelang es ihm, die Wiese zu umrunden.

Endlich gab das Tier die Jagd nach ihm auf und verschwand krachend im Gehölz.

Mark rannte zu seinen Kleidern. Das Hemd war in Fetzen, ein Stiefel fehlte und die Hose war tief in die feuchte Erde gestampft.

Kapitel 3

Mark ließ sich gegen den Baum fallen. Er hatte nur noch Unterwäsche und Socken am Leib, die armseligen Überbleibsel seiner Habe presste er fest an sich: die zerfetzten, verdreckten Jeans, einen Gürtel, einen Stiefel, einen kaputten Kompass, eine zerdrückte Schachtel mit zerbrochenen Streichhölzern, ein Messer und die Stofffetzen, die einmal sein Hemd gewesen waren.

Die Insektenstiche begannen wieder zu jucken. Er war hungrig und fühlte sich elend. Er kniff die Augen ganz fest zu und wünschte sich diesen schrecklichen Ort mit all seinen Merkwürdigkeiten weit weg.

Als er die Augen wieder aufschlug, war alles wie gehabt. Wo immer er auch sein mochte, das hier war die Wirklichkeit. Er war in diesem bizarren Land ganz auf sich allein gestellt und um zu überleben, musste er irgendwie für Nahrung und Schutz sorgen.

Er riss ein Büschel des roten Grases aus und hielt es sich unter die Nase. Es roch wie Gras, auch wenn es die falsche Farbe hatte. Zögernd biss er etwas davon ab. Es schmeckte auch wie Gras. Er spuckte aus.

Mark kratzte den Dreck von seiner Uhr. Sie war stehen geblieben. Aber sein Magen sagte ihm, dass es, vorausgesetzt die Zeit glich der auf der Erde, mittlerweile früher Nachmittag sein musste und er bereits zwei Mahlzeiten ausgelassen hatte.

Zu Hause aßen seine Eltern wahrscheinlich gerade ihr Mittagessen. Durch den Gedanken an seine Eltern kam er sich noch verlassener vor. Erst in eineinhalb Tagen würden sie merken, dass er verschwunden war. Und was dann? Selbst wenn Mom die halbe Landespolizei auf den Plan riefe, würden sie ihn niemals finden. Nicht hier. Nicht in dieser vorzeitlichen Welt, die nur durch den merkwürdigen Lichtkanal erreichbar war.

»Na, du toller Kerl«, seufzte Mark. »Du wolltest doch unbedingt auf eigenen Beinen stehen ...«

Er stützte den Kopf auf die Knie und lauschte den Geräuschen des Urwalds. Die Bäume knarrten, die großen, breiten Blätter schwankten im Wind und dann und wann ertönte ein Kreischen, das er als Vogelschreie identifizierte.

Wieder seufzte er, stand auf und zog vorsichtig die schmutzigen, feuchten Jeans über. Um die Socken zu schonen zog er sie aus und stopfte sie zusammen mit den Resten des Hemds in den verbliebenen Stiefel. Dann steckte er Messer, Streichhölzer und Kompass in die Hosentasche und machte sich auf den Weg.

Er wollte so lange gehen, bis er in eine bessere Gegend kam.

Aber etwas Besseres fand sich nicht.

Der Wald wurde immer dunkler, dichter und unübersichtlicher. Überall an den Bäumen hingen Schlingpflanzen herab. Eidechsen mit abartig großen Köpfen schossen zwischen dem Blattwerk hin und her. Und er nahm ein neues Geräusch wahr. Aus den Kronen der nahezu schwarzen Bäume ertönte das Geschnatter von Tieren, ein klackender Ton, als würden Steine aneinander geschlagen.

Er spähte nach oben und suchte die Zweige ab. Zweimal meinte er eine Bewegung wahrzunehmen, aber er konnte nichts Genaues ausmachen.

Vielleicht sollte er besser zurückgehen, überlegte Mark. Wenigstens gab es bei der Wiese Wasser, hier dagegen war nichts.

Ein durchdringendes Geheul durchschnitt die Dunkelheit. Das Klacken verstummte.

Mark rann ein kalter Schauer über den Rücken. Er schluckte und wartete. Was nun? Endlich setzte das Geschnatter wieder ein und er ging weiter.

Eigentlich war er gut zu Fuß. Er war stolz, dass er stundenlang ohne Pause wandern konnte. Aber das hier war etwas anderes. Das dichte Unterholz riss seine bloßen Füße blutig und, was jetzt noch wichtiger war, er hatte Hunger.

Er beschloss umzukehren. Bei der Wiese war er sicherer, dort konnte er sich wenigstens orientieren. Vielleicht hatte er etwas Essbares übersehen. Er wollte es auf einen Versuch ankommen lassen.

Gerade als er sich umdrehte, kam das Klacken näher und steigerte sich zu einem betäubenden Gebrüll. Hinter ihm knallte etwas zu Boden. Er wirbelte herum und erhielt einen donnernden Schlag auf den Kopf. Ein faustgroßer Stein traf ihn und ließ ihn zu Boden gehen. Dann prasselten von allen Richtungen immer mehr dieser steinernen Geschosse auf ihn ein.

Er schlug schützend die Hände über den Kopf und rollte sich zusammen.

Dann stoppte das Geschnatter so plötzlich, wie es begonnen hatte, und der Steinregen hörte auf.

Mark ließ einen Arm sinken. Er war voller Prellungen

und tat furchtbar weh, gebrochen war er aber anscheinend nicht. Über sich nahm er eine flüchtige Bewegung wahr. Kleine Tiere mit weißem Fell schwangen sich mühelos von Ast zu Ast. Es hätten Affen sein können, aber sie ähnelten eher kleinen Teddybären mit langen Armen und Schwänzen.

Eines dieser Tiere saß weiter unten, mit seinen scharfen Krallen an einen Baumstamm geklammert, und beobachtete ihn.

»Scher dich fort«, schrie Mark und ergriff einen Stein.

Das affenähnliche Tier antwortete mit einem lauten Schnalzen und kletterte ein wenig höher.

Mark holte aus, hielt aber sofort wieder inne. Das Ding in seiner Hand war schwer wie ein Stein, fühlte sich glatt und rund an, war aber von einer Art Schale umgeben. Er schüttelte es. Im Inneren schwappte es hin und her. Er versuchte es zu schälen, aber die Schale war zu hart.

»Irgendwie muss es doch gehen.« Mark sammelte einen Arm voll von den Baumsteinen und flüchtete aus dem dunklen Wald. Als er den Rand der Wiese erreichte, ließ er seine Beute fallen und sah sich einen der Steine genauer an. Er hatte die Farbe der Baumstämme und ähnelte einer Kokosnuss.

Mark schüttelte ihn wieder. »Irgendetwas ist da drin.« Er zog sein Messer hervor. »Bitte, bitte, lass es etwas Essbares sein.«

Einige Meter hinter sich hörte er ein leises Schnalzen. Mark drehte den Kopf. Der Affenbär war ihm gefolgt.

»Schsch. Fort mit dir.« Mark warf einen Baumstein nach ihm. Blitzschnell zuckte der lange Arm des Tieres nach oben und fing ihn auf.

»He, nicht übel. Du könntest Profispieler werden.«

Mark wandte sich wieder seiner Arbeit zu. Er versuchte den Stein zu öffnen, bekam aber nur kleine Stücke der Schale ab.

Da traf ihn etwas an der Schulter. Der Baumstein. Der Affenbär hatte ihn zurückgeworfen.

»Lass das. Ich habe keine Zeit zum Spielen. Siehst du nicht, dass ich am Verhungern bin?« Er schlug das Messer in den Stein, drang aber nur mit der Spitze ein. Aus Angst, das Messer könnte kaputtgehen, wollte er nicht stärker zustechen.

»Das muss doch zu schaffen sein.« Mark ging mit dem Stein zum nächsten Baum und schlug ihn dagegen. Nichts. Wütend warf er ihn zu Boden.

Der Affenbär watschelte herbei, hob den Stein auf, bohrte eine seiner rasiermesserscharfen Klauen oben in die Mitte und brach ihn mühelos auseinander. Eine dicke, bräunliche Flüssigkeit floss heraus. Das kleine Tier schlürfte gierig beide Hälften aus, löffelte das dunkle Fruchtfleisch heraus und schob es sich in den Mund.

Mark rannte zu seinem Steinhaufen, suchte bei einer Frucht die weiche Stelle in der Mitte und rammte sein Messer hinein. Nach und nach brach er die beiden Hälften auseinander. Eine Hälfte hob er an die Lippen und schlürfte den braunen Saft in sich hinein.

Es schmeckte angenehm, wie Milch, nur süßer. Er trank auch die andere Hälfte aus, dann löste er mit Hilfe des Messers das Fruchtfleisch heraus. Das war nicht so gut, es erinnerte ihn an Sojasprossen, fast hätte er es wieder ausgespuckt. Doch er zwang sich es hinunterzuschlucken, denn etwas anderes würde er womöglich so bald nicht finden.

Elf Steine aß er auf, dann war er endlich satt. Danach

fühlte er sich besser. Jetzt würde er nicht mehr nur an seinen Magen denken müssen.

Das Licht über der Wiese wurder fahler. Anscheinend gab es an diesem Ort auch so etwas wie Nacht. Er musste sich ein Lager für die dunkle Zeit suchen. Der Gedanke im Angesicht des Büffeltieres, oder was das schnaubende Biest auch immer sein mochte, zu erwachen, machte ihm große Angst – auf keinen Fall wollte er hier auf der Wiese bleiben.

Die Dunkelheit des Urwalds war aber auch nicht sehr einladend. Schließlich entschied er sich für einen Kompromiss und suchte nach einem geeigneten Lagerplatz am Rand der Wiese.

Im Schatten des Waldrandes fand er einen angenehmen Flecken Gras, der gut geschützt hinter einem Gebüsch lag. Mark beobachtete, wie der Affenbär zu einem Baum trottete, den Stamm hinaufflitzte und sich auf einem dicken, flachen Ast von den Ausmaßen eines kleinen Tisches niederließ. Von dort aus blickte er erwartungsvoll auf ihn herab.

Mark kratzte sich am Kopf. »Ich weiß nicht. Eigentlich hatte ich nicht vor, die Nacht auf einem Baum zu verbringen.«

Der Affenbär schnalzte mit der Zunge und hüpfte auf und nieder.

»Also gut. Ich versuch's. Da oben erwischen mich die gefährlichen Tiere wahrscheinlich nicht so leicht – falls ich nicht herunterfalle und mir das Genick breche.«

Die unteren Äste hochzuklettern war einfach. Bis dahin war er schon auf der Flucht vor dem Büffel gekommen. Der mittlere Teil des Baumes war viel schwieriger, weil die Äste weiter auseinander lagen. Nach mehreren

Versuchen gab Mark es auf. Der Affenbär raste bis zu den obersten Zweigen hinauf und wartete.

Mark schüttelte den Kopf. »Nein danke. Das ist hoch genug für mich. Bleib du nur, wo du bist.« Er klemmte den Stiefel, der immer noch seine wenigen Habseligkeiten enthielt, in eine Astgabel und dann streckte er sich bäuchlings auf dem breiten Ast aus.

»Vielleicht habe ich Glück und ich wache morgen früh auf und das Ganze war nur ein Traum. Ein böser Traum.«

Kapitel 4

Es war eine lange, warme Nacht. Mark schlief unruhig und erwachte alle paar Stunden von den fremdartigen Geräuschen des Urwalds. Zweimal fiel er von seinem Podest herunter, bis er herausfand, dass es sicherer war, die Beine unter dem Ast zu verschränken.

Durch seine Träume geisterte das blaue Licht. Im Physikunterricht hatte er einmal etwas über so eine gewaltige Energie gelesen. Es gab eine wissenschaftliche Theorie über die mögliche Auswirkung des Aufeinanderprallens von Materie und Antimaterie. Bruchstückhaft erinnerte er sich, dass dabei enorme Energiemengen freigesetzt werden würden, die das Leben der Menschheit bedrohen könnten.

Aber das interessierte ihn jetzt herzlich wenig, er wusste nur, dass sein Leben bedroht war und dass er hier wegwollte. Als das trübe, gelbe Licht eines neuen Tages über der Wiese aufging, schreckte Mark aus dem Schlaf.

Der Lichtkanal. Natürlich – er musste ihn nur wieder finden. Das war sein Fahrschein zurück zur Erde, nach Hause. Er schnappte sich den Stiefel und ließ sich vom Baum plumpsen.

Sofort überfiel ihn quälendes Hungergefühl. Essen. Er musste essen und der einzige Ort, an dem er Nahrung gefunden hatte, war tief drinnen im Urwald. Das blaue Licht musste vorerst warten.

Mark band den Stiefel mit den Schnürsenkeln an der Gürtelschnalle fest und ging los. Der Affenbär hangelte sich an einer Ranke herab und landete leichtfüßig neben ihm.

»Wo bewahrt ihr Winzlinge eigentlich eure Baumsteine auf, Willie Wichtel?« Diese Bezeichnung rutschte ihm automatisch heraus, der Affenbär kam ihm irgendwie wie ein Wichtel vor. »Du weißt schon, was ich meine. Die Dinger, mit denen deine Kumpels gestern versucht haben mich zu töten. Hier in der Nähe liegt nicht zufällig ein großer Haufen davon herum?«

Willie stellte den Kopf schräg und schnalzte mit der Zunge.

Mark runzelte die Stirn. »Im Fach Kommunikation sind wir nicht gerade die Besten.« Er machte sich auf den Weg in den dunklen Urwald hinein.

Diesmal achtete er mehr auf die Umgebung. Wie am Vortag flitzten die Eidechsen hin und her und im Unterholz entdeckte er große, blühende Pflanzen. Er bemerkte den Unterschied zwischen den Bäumen im Waldesinneren und den kleineren Bäumen bei der Wiese. Manche waren so hoch, dass er die Spitze nicht sehen konnte. Diese Bäume hatten glatte Stämme, die Äste setzten erst weit oben an und meist hingen Dutzende von Ranken an ihnen herab.

Ein paar Meter weiter hörte er wieder das Schnalzen. Diesmal beunruhigte es ihn nicht. Er wartete sogar darauf, dass die Affenbären ihn mit Baumsteinen bewerfen würden, die er dann nur noch einsammeln musste.

Nichts geschah. Mark vermutete, dass Willie daran schuld war, der ununterbrochen schnalzte und ihm nicht von der Seite wich.

Der Urwald war so dunkel, dass Mark fast nichts mehr erkennen konnte. Mit den Augen suchte er die Baumwipfel ab.

»Dort oben müssten sie sein. Mir bleibt nichts anderes übrig als zu klettern.« Prüfend zog er an einer Ranke. Sie machte einen stabilen Eindruck. Mark hüpfte hoch und versuchte an der Pflanze nach oben zu klettern, aber seine Arme waren zu schwach und er rutschte wieder nach unten.

»Ich hätte im Turnen wohl mehr am Kletterseil üben müssen.« Er nahm eine andere Kletterpflanze, die näher am Baumstamm hing. Dann stützte er seine nackten Füße an der glatten Rinde ab und hangelte sich langsam in der Waagerechten am Baum hinauf.

Auf halbem Wege warf er einen Blick nach unten und verlor beinahe das Gleichgewicht. Bis zum Erdboden waren es mindestens schon zehn Meter. Er verspürte einen leichten Schwindel und seine Handflächen begannen zu schwitzen. Er schloss die Augen, bis das Gefühl vorüber war, dann kletterte er weiter.

Als er den ersten Ast erreichte, machte er eine Pause. Er klammerte sich an der Ranke fest und versuchte nicht nach unten zu schauen.

Willie hatte ihn schon überholt und schnalzte von oben auf ihn herab. Mark blickte hoch und sah, wie Willie sich von einem Zweig zum nächsten schwang. Über ihm entdeckte er, unter dichtem Blattwerk versteckt, ganz außen an einem langen Zweig, eine Traube reifer Baumsteine.

Er band sich die Ranke um die Taille und kletterte bis zum nächsten Ast. Als er bis an die Spitze des langen, dünnen Zweiges gekrochen war, konnte er die Früchte leicht abpflücken. Er riss alle ab, die er erreichen konnte, und ließ sie zu Boden fallen.

Plötzlich krachte es und er spürte, wie er in die Tiefe flog. Er griff in die Luft, fiel rücklings nach unten und kam auf halbem Wege ruckartig zum Stehen.

Die Ranke, die er sich umgebunden hatte, hatte gehalten. Mark schwang hin und her, bis er einen Ast zu fassen bekam, an dem er sich festklammern konnte.

Willie kraxelte zu ihm nach unten.

»Ich glaube«, sagte Mark schwer atmend, »für heute Vormittag reicht's mit dem Einkaufsbummel.«

Kapitel 5

»Es könnte überall sein.« Ratlos breitete Mark die Arme aus. Er hatte die Lichtung wieder gefunden, wo er zum ersten Mal im roten Gras zu sich gekommen war. Doch das blaue Licht war nicht zu sehen.

Sein Magen meldete sich geräuschvoll. Er war ständig hungrig. Die Baumsteine waren nicht schlecht, aber sie bestanden vorwiegend aus Flüssigkeit und konnten gerade den ersten Hunger stillen. Er wollte endlich etwas Richtiges zwischen die Zähne bekommen. Pizza. Pizza wäre herrlich. Knuspriger Teig mit drei Sorten Käse überbacken. Für eine Pizza könnte er zum Mörder werden.

»Blödsinn.« Er hatte laut gesprochen, was ihn aus seiner Träumerei riss. »Blödsinn«, sagte er, diesmal langsamer. »Mit Tagträumen ist dir auch nicht geholfen. Denk nach! Erinnere dich an die Tonnen von Survival-Büchern, die du gelesen hast. Benutz dein Hirn.«

Mark dachte angestrengt nach. Das Problem war, dass diese ganzen Bücher für die Erde geschrieben waren. Er war davon überzeugt, dass er sich auf einem anderen Planeten befand, der vielleicht Ähnlichkeiten mit der Erde hatte, aber doch ganz anders war. Trotzdem, manches ließ sich übertragen. In den Handbüchern stand immer, man sollte zuerst die Umgebung erkunden. Nahrung war meist leicht zu finden. Insekten etwa boten sich immer an. Mark verzog das Gesicht und schluckte. Die Feuerkäfer hätten es verdient, gefressen zu werden, aber wie sollte er sie jemals ohne innere Verletzungen hinunterbekommen? Also, was gab es noch? Die Schreivögel. Nein, das war zu schwierig. Vielleicht später, wenn er mehr Zeit zum Nachdenken und Planen haben würde und sich eine Waffe zugelegt hätte. Die Eidechsen mit den dicken Köpfen. Sie waren langsam und dürften nicht schwer zu fangen sein. Und dann? Wie sollte er sie kochen? Und wenn sie giftig waren? Was überhaupt, wenn etwas giftig war? Nein, vorerst musste er sich mit den Schnellgerichten begnügen, von denen er wusste, dass sie von anderen Tieren gegessen wurden. Das Leben hier schien dem Leben auf der Erde zu gleichen. Warum nicht auch die Nahrung? Was ein Tier vertrug, würde auch er essen können. Hoffentlich.

Was hatte er noch gelesen? Natürlich, wie man sich warm hält. Er rieb sich die bloßen Arme. Solange das Wetter so blieb, würde er sich darum nicht kümmern müssen. Ein Unterschlupf. Eine Hütte brauchte er nicht unbedingt, aber er wollte auch nicht ewig auf diesem blöden Ast schlafen müssen.

Auf dem Rückweg zur Wiese knackte er einen Baumstein. Er war wieder zuversichtlicher und machte Pläne. Bis er das Licht wieder gefunden hatte, wollte er in der Nähe des Urwalds bleiben, dort gab es Baumsteine und die Büffeltiere schienen nicht so weit hineinzukommen. Außerdem war auch Willie da. Ein wenig Gesellschaft war nicht zu verachten.

Tagsüber wollte er dann die Umgebung in immer weiteren Kreisen erkunden und das blaue Licht wieder finden.

Kapitel 6

Die Feuerkäfer ließen sich leicht einsammeln. Man musste nur aufpassen, dass dabei keiner auf die Haut geriet.

Mark schlich bis an den Rand einer Käferkolonie und pflückte die Krabbeltiere ab. Mit dem Messer trennte er ihnen die Köpfe ab, spießte sie in der Mitte auf und deponierte sie in einem seiner Socken.

Zum Mittagessen gab es vier Baumsteine und ein Dutzend der langen, knusprigen Insekten. Der erste Käfer kostete am meisten Überwindung. Mark schloss die Augen und versuchte sich einzubilden, er esse die Knabbermischung, die er sich für die Wanderung eingepackt hatte.

»Die Mittagspause ist um.« Mark machte einen Knoten in den Käfersocken und warf ihn auf den Haufen mit den Baumsteinen, der auf drei Stück geschrumpft war. »An die Arbeit, Willie.« Der Affenbär schlug mit der Innenseite seiner dicken, schwarzen Pfoten auf den Boden und folgte ihm zu einem Baum am Rande des dunklen Urwalds.

Mark hatte sich diesen Baum ausgesucht, weil zwei der unteren Äste eine ideale v-förmige Gabel bildeten. Den ganzen Vormittag lang hatte er trockene Äste angeschleppt und sie über der Astgabel zu einer Plattform ausgelegt.

Als die Äste eine fast geschlossene Fläche bildeten, ging er zur Wiese zurück und brach lange, dünne Stecken aus dem Gestrüpp. Nach einem System, das er in einem Überlebenshandbuch des Militärs gesehen hatte, flocht er diese zu einer lockeren Matte zusammen und breitete sie auf der Plattform aus.

»Fast fertig. Jetzt brauchen wir nur noch ein paar große Gummibaumblätter und Hokuspokus ist das Meisterstück vollendet. Jetzt gibt es nachts keine Bodenlandungen mehr. Komm, Willie. Wir holen die Blätter und ein paar Baumsteine fürs Frühstück und dann ist gerade noch Zeit für einen ersten Erkundungsgang in die nähere Umgebung.«

Mark bemerkte, dass sich seine Augen inzwischen schneller auf die Dunkelheit im Urwald einstellten. Er entdeckte sogar eine Horde Affenbären, bevor sie ihn entdeckten. Sie erschraken und flüchteten in die Baumkronen hinauf.

»Könnte ich doch auch so schnell da hinauf«, murmelte Mark. Er suchte sich eine kräftige Ranke und begann sich mühsam nach oben zu hangeln.

Willie kletterte vorneweg, griff nach einer anderen Ranke und schwang sich auf die Zweige eines benachbarten hohen Baumes.

Mark überlegte. »Es muss doch noch eine bessere Möglichkeit geben.« Er ließ sich zu Boden plumpsen. »Eine Ausziehleiter wäre genau das Richtige.« Er zuckte mit den Schultern. »Oder ein Hubschrauber.«

Er machte am unteren Ende der Ranke eine Schlaufe und lehnte sich mit vollem Gewicht hinein. Sie hielt. In eine Ranke daneben machte er ein wenig höher noch eine Schlaufe und stieg hinein. So entstand eine Schlaufe nach der anderen, bis eine Art Leiter entstanden und er gleichzeitig bis zu den unteren Ästen geklettert war.

»Okay. Und nun? Irgendwann sind die Steine in diesem Baum verbraucht. Und die Leiter kann ich zum nächsten Baum nicht mitnehmen.« Mark kratzte sich am Kopf und beobachtete, wie sich Willie von Ranke zu Ranke schwang. Das sah so einfach aus.

Mark zog versuchshalber an einer der höher liegenden Ranken. Bevor ihn wieder der Mut verließ, stieß er sich ab.

Gar nicht so übel. Zur Übung schwang er noch zweimal hin und her und landete dann sanft auf dem Ast. Ein drittes Mal stieß er sich ab, schwang auf den nächsten Baum zu, langte auf halber Strecke nach einer anderen Ranke – und griff daneben.

Kapitel 7

Alles tat ihm weh. Mark rollte sich vorsichtig auf die Seite und hätte fast geschrien. In seinem Inneren war irgendetwas zerrissen.

Der Sturz war von einer der großen, blühenden Pflanzen aufgefangen worden, aber bei der geringsten Bewegung durchfuhr ihn ein stechender Schmerz.

Er versuchte nicht zu atmen, nicht einmal zu zwinkern.

Es regnete wieder. Er hörte das leise, beruhigende Trommeln der Tropfen auf den Blättern.

Ein Schluck Wasser, selbst das bittere Pfützenwasser, hätte ihm jetzt gut getan. Aufstehen, dachte er. Du musst zum Wasser kommen.

Er zwang sich aufzustehen und verlor fast das Bewusstsein vor Schmerzen. Er atmete kurz und flach und nur, wenn es unbedingt nötig war, und bewegte sich schrittchenweise, mit vielen Pausen, in Richtung Wiese.

In der Nähe seines Baumes legte er sich unter Schmerzen an eine Pfütze und trank. Er spürte, wie ihm die Sinne schwanden.

Mit letzter Anstrengung stand er auf und sah zu seinem Baum hinauf. Es war hoffnungslos. Versuchte er sich zu seinem Bett hinaufzuziehen, würden die inneren Verletzungen wahrscheinlich nur noch schlimmer werden.

Er stolperte in das tiefe Gras am Waldrand, ließ sich fallen und versank in dunkle Bewusstlosigkeit.

Das Schnalzen. Hoch und laut dröhnte es in sein Ohr. Wenn es doch nur aufhören würde.

Mühsam öffnete Mark die Augen und starrte stumpf in Willies haariges, rundes Gesicht. Der Affenbär quiekte und tätschelte Marks Kopf.

»Du hast nicht zufällig ein paar Aspirin dabei, oder?« Mark setzte sich auf, jeder Atemzug schmerzte. Die Rippen. Vielleicht war eine gebrochen oder mehrere. Er hatte irgendwo einmal gehört, dass angeknackste Rippen bei jedem Atemzug teuflisch wehtun. Irgendwie musste er sie verbinden.

Er tastete nach dem zerfetzten Hemd in seinem Stiefel, riss es in Streifen und knüpfte die Stücke aneinander. Dann wickelte er den behelfsmäßigen Verband um seinen Brustkorb. Es tat immer noch weh, aber nicht mehr so schlimm wie vorher.

Er war hungrig, aber Hunger war eigentlich zum Dauerzustand geworden. Nach seinem Magenknurren zu urteilen, hatte er mindestens ein oder zwei Mahlzeiten verschlafen.

Neben seinem Baum entdeckte er den Haufen mit den Baumsteinen. Vorsichtig erhob er sich und bewegte sich darauf zu. In dem Socken befanden sich immer noch die restlichen Feuerkäfer. Er würgte einige hinunter, dann legte er sich wieder hin.

Morgen musste er wieder auf Nahrungssuche gehen. Die Baumsteine waren für ihn erst einmal außer Reichweite geraten. Auch die Suche nach dem blauen Licht kam vorerst nicht in Frage. Jetzt musste er sich erst einmal schonen und geduldig abwarten, bis seine Rippen geheilt waren.

Um sich von den Schmerzen abzulenken versuchte

Mark darüber nachzudenken, wie er sich das Überleben hier erleichtern konnte. Sobald er dazu in der Lage wäre, würde er sich eine Leiter zum Baumlager bauen. Und eine Waffe wäre auch nützlich, falls er auf seinen Urwaldexkursionen einmal diesem Heuler begegnen würde.

Und Nahrung. Immer wieder Nahrung. Er musste essen.

Er kaute auf einem roten Grashalm herum und dachte daran, wie seine Eltern wohl auf sein Verschwinden reagieren würden. Er war ihr ganzes Leben. Seine Mutter gehörte dem Elternverein der Schule an, ließ sich in sämtliche Posten wählen und arbeitete überall ehrenamtlich mit. Und sein Vater ... sein Vater war so stolz auf den einzigen Sohn, dass er, als Mark noch ein Baby war, eine Ausbildungsversicherung fürs College abgeschlossen hatte. Er erzählte jedem, der es wissen wollte, dass sein Sohn eines Tages Arzt werden würde.

Einen Arzt könnte ich jetzt gebrauchen, dachte Mark. Er schloss die Augen und träumte sich nach Hause.

Kapitel 8

Aus Tagen wurden Wochen. Mark wusste nicht wie viele. Er vermied an die Eltern und den Alltag zu Hause zu denken und versuchte stattdessen sich auf die fremdartige, neue Welt um ihn einzustellen.

Seine Rippen heilten nur langsam. Wochenlang bestand seine Nahrung lediglich aus Insekten. In den blühenden Pflanzen hatte er eine einigermaßen genießbare Raupe entdeckt und auf der Wiese ein rotes Insekt, das ihn an einen Grashüpfer erinnerte, nur größer. Manchmal fand er einen Baumstein, den ein Affenbär im dunklen Urwald fallen gelassen hatte.

Er nahm seine Erkundungsgänge wieder auf, obwohl er immer noch den Verband trug und sich vorsichtig bewegen musste. Aber wenn er jemals wieder nach Hause kommen wollte, musste er das Licht wieder finden.

Auf einer seiner Runden am Rande des Urwalds stieß er einmal auf einen Sumpf und wäre fast hineingestolpert, hätte ihn nicht ein Schreivogel gewarnt, der verzweifelt versuchte sich zu befreien.

Ein anderes Mal entdeckte er am lichten Waldrand einen Tümpel mit klarem Wasser, der von einer unterirdischen Quelle gespeist wurde. Die täglichen Ausflüge zum Tümpel wurden die Höhepunkte im Tagesablauf. Als er zum ersten Mal sein Spiegelbild im Wasser sah, erschrak er vor der mageren Gestalt, die zu ihm aufblickte. Die

Knochen standen hervor wie bei einem Skelett – einem schmutzigen Skelett mit langen, verfilzten Haaren.

Von einer bestimmten Stelle aus hinter dem Tümpel konnte er zwischen den Bäumen hindurch ferne Berggipfel sehen. Wenn er wieder ganz genesen war, würde er vielleicht dorthin gehen.

Auch das Baumhaus hatte sich verändert. Zwischen Nahrungssuche und Erkundungsgängen hatte Mark eine Holzleiter konstruiert und zwischen zwei langen Ästen Schlingpflanzen als Sprossen befestigt. Er hatte auch noch eine kleinere Plattform als zweites Stockwerk für die Nahrungsvorräte eingezogen.

Lange hatte er über die Herstellung von Waffen gegrübelt. Am besten war ihm bislang der Speer gelungen, ein langer, gerader Stab mit spitz zulaufender Spitze. Jetzt waren Pfeil und Bogen dran. Dafür brauchte er einen kräftigen Stock und den Schnürsenkel aus seinem Stiefel. Weit war er damit noch nicht gekommen und er fand auch kaum gerade Stöcke, die sich als Pfeile eigneten.

Wenn seine Kleidung aufgebraucht war, würde er auf die Jagd gehen müssen um Fleisch und Felle zu erbeuten. Bis jetzt fühlte er sich von den Tieren dieser Gegend nicht bedroht. Immer wieder tauchten Büffel auf, aber sie hatten so schwache Augen, dass Mark sich leicht vor ihnen verstecken konnte. Natürlich hätten sie Unmengen Fleisch abgeworfen, aber die Vorstellung, auf so ein Tier zuzurennen und ihm den Speer in den Leib zu rammen, kam ihm fast selbstmörderisch vor. Andere Tiere ließen ihn in Ruhe und die Affenbären wollten mit ihm nichts zu tun haben, abgesehen von Willies gelegentlichen Besuchen. Für sie war er einfach ein weiteres Tier des Waldes.

Zweimal hatte Mark eine Dickkopfeidechse erlegt. Mit einigen Streichholzresten hatte er ein Feuer entfacht und sie auf einen grünen Ast gespießt und gebraten. Das Fleisch war etwas faserig, aber seit seiner Ankunft im roten Wald hatte er noch nie eine so sättigende Mahlzeit gehabt.

Das Leben war einfach. Es bestand aus Nahrungssuche, Erkundungsgängen, der Herstellung neuer Werkzeuge und Schlaf.

Nur etwas machte ihm Sorgen. Manchmal hörte er in der Stille der Nacht den fernen Ruf des Heulers. Und am Tümpel entdeckte er einmal Spuren, die wie die Fußabdrücke eines Hundes aussahen – nur größer.

Kapitel 9

Auf seinen Ausflügen hatte Mark jetzt immer den Speer dabei. Die scharfe Spitze war zehn Zentimeter lang, er fühlte sich sicherer, wenn er ihn bei sich trug. Auf seinen Erkundungsgängen zog er immer weitere Kreise und manchmal konnte er die Nacht nicht auf seinem Baum verbringen.

Einmal hatte er sich ziemlich weit von zu Hause entfernt. Früh am Morgen hatte er die beiden Socken und den Stiefel mit Nahrungsvorräten gefüllt, hatte am Tümpel ausführlich getrunken und war aufgebrochen.

Jedem anderen wären die unendlichen Weiten des roten Waldes mit seinen zahllosen Bäumen gleichförmig vorgekommen. Doch Mark konnte mittlerweile die Unterschiede sehr genau ausmachen. Vor einiger Zeit hatte er eine neue Wiese entdeckt, wo das Gras weniger lang, aber rot und trockener war. Auch die Bäume dort waren nicht so hoch und die Blätter hatten eine merkwürdig orange Färbung.

Mark achtete ständig auf neue Geräusche. Seine Ohren waren auf jedes Geräusch des Waldes eingestellt und nahmen selbst leise Töne wie das Streichen des Windes durch das Gras wahr.

Irgendetwas in dieser Gegend machte ihn misstrauisch. Weniger das, was er hörte, als das, was er nicht hörte. Dieser Teil des Waldes war zu still.

Von einem großen Ast vor ihm baumelte ein frisch gebrochener Zweig herab. Mark blieb stehen und untersuchte den Boden. Spuren entdeckte er keine, aber er sah Stellen, wo erst vor kurzem das Gras niedergedrückt worden war.

Mark legte den Speer an und schlich leise vorwärts. Was immer es sein mochte, weit konnte es nicht sein.

Ein unheimliches Geheul durchbrach die Stille. Mark erstarrte. Es war ganz nah. Irgendwo dort vorne.

Flink kletterte er auf den nächsten Baum und wartete. Nichts rührte sich. Trotzdem wartete er. Er hatte gelernt kein Risiko einzugehen.

Schließlich kehrten die Vögel zurück und mit ihnen die gewohnten Geräusche des Waldes. Mark ließ sich zu Boden fallen und tastete sich vorsichtig durchs Unterholz. Zweihundert Meter weiter entdeckte er eine weitere Lichtung mit dem Kurzgras. Im Schatten der Bäume blieb er stehen und lauschte. Er wurde einfach das Gefühl nicht los, dass etwas nicht stimmte.

Die Wiese lag unberührt. Das Gras hatte dieselbe hellrote Färbung wie auf der anderen Wiese. Nur auf der gegenüberliegenden Seite sah er einen dunklen Farbfleck.

Im Schutz der Büsche umrundete er die Wiese. Die dunkle Farbe zog ihn magisch an. Er bückte sich und berührte sie.

Blut.

Mark machte einen Satz zurück zwischen die Bäume. So viel Blut konnte nur ein sehr großes Tier verloren haben. Mehr aber beunruhigte ihn, dass, wer immer das Tier getötet hatte, in der Lage gewesen war es fortzuschaffen ohne irgendwelche Reste zu hinterlassen.

Fort. Nur schnell fort. Er durfte keine Zeit verlieren.

Mark drehte sich um und wollte schnell wieder um die Wiese herum, als sein Blick auf etwas an einem Baum hängen blieb.

Ruhig, fast ehrfürchtig ging er hin und zog es aus dem Stamm.

Es war ein Pfeil.

Kapitel 10

Er fand keinen Schlaf. Noch vor Morgengrauen saß Mark auf seiner Matte im Baumhaus und drehte den Pfeil hin und her. Er war mit bunten Federn ihm unbekannter Vögel geschmückt. Der Schaft war mit einer schwarzen Zickzacklinie verziert und die scharfe Spitze bestand aus einem behauenen Stein, der kunstfertig mit einem durch Wasser geschrumpften Lederband befestigt war.

Der Fund des Pfeils veränderte alles. Er bedeutete, dass er nicht allein war an diesem Ort, dass es noch andere Lebewesen gab, die denken, jagen und Waffen herstellen konnten.

Mark überdachte seine Lage. Vielleicht wäre es sicherer, ihnen aus dem Weg zu gehen und tiefer in den Wald hineinzuziehen. Dort würden sie ihn niemals finden. Aber was war mit dem blauen Licht? Er musste weiter danach suchen. Es war seine einzige Verbindung nach Hause zu Vater und Mutter.

Mit einem Mal stiegen ihm in seiner Vorstellung die Düfte vom Vorabend seiner Wanderung in die Nase, als sein Vater zum Abschied im Garten gegrillt hatte. Er erinnerte sich daran, wie komisch sein Vater mit der Kochmütze ausgesehen hatte, die ihm andauernd über die Ohren gerutscht war. Mutters verstohlene Blicke verrieten ihre Besorgnis. Sie hatte zwar versucht einen glücklichen Eindruck zu machen, aber er wusste es besser.

Das alles schien eine Ewigkeit her zu sein. Was sie wohl sagen würden, wenn sie ihn jetzt sehen könnten, abgerissen und schmutzig, wie er war, mit dicken Schwielen an den Fußsohlen? Mutter wäre bestimmt schockiert. Er dachte und handelte jetzt mehr wie ein Tier als wie ein Mensch, streifte durch die Wälder und versuchte irgendwie zu überleben. Willie kletterte herab und setzte sich neben ihn. Mark strich über das weiche, weiße Fell des Affenbären. »Was soll ich bloß tun, Junge? Diese Leute, sollten es wirklich Menschen sein, könnten für mich eine größere Gefahr darstellen als der Heuler.«

Ohne den Pfeil loszulassen, griff Mark nach seinem selbst gebauten Bogen und kletterte vom Baum. Darüber wollte er jetzt nicht weiter grübeln. Wenigstens hatte er eine neue Waffe. Er wollte den Pfeil ausprobieren und noch mehr Pfeile herstellen.

Beim ersten Versuch war die Bogenschnur zu schlaff und der Pfeil plumpste kaum sechs Meter entfernt auf die Erde. Beim zweiten Versuch, nachdem er den Schnürsenkel gestrafft hatte, flog der Pfeil in großem Bogen über die Wiese.

Er rannte hinterher. Fantastisch! Auf seinem morgendlichen Weg zum Tümpel wollte er kleine Steine sammeln, die sich als Pfeilspitzen eigneten. Und dann wollte er heute früher vom Erkundungsgang heimkommen und Federn suchen. Wieder schoss er den Pfeil ab. Diesmal traf er den angepeilten Busch genau in der Mitte.

Er holte den Pfeil und ging zum Baumlager zurück. Dort packte er ein wenig Proviant für den Tag ein. Ein paar Baumsteine, den Socken mit den essbaren Insekten und einen langen Streifen getrockneten Eidechsenfleisches. Er hatte herausgefunden, dass sich das Fleisch in dünnen Streifen über einen Ast gehängt gut trocknen und für seine Ausflüge haltbar machen ließ.

Stolz griff er nach seinem Speer. Heute konnte er mit zwei Waffen losziehen.

Allerdings brauchte er noch einen Köcher für den neuen Pfeil. Er leerte den einen Socken und stopfte Baumsteine und Fleischstreifen in den Stiefel. Dann bohrte er Löcher oben um den Sockenbund und zog ein langes Stück seines alten Verbandes hindurch. Vorsichtig steckte er den Pfeil in den Socken, dann schulterte er Pfeil und Bogen und ging wie immer als Erstes zum Tümpel. Auf dem Weg hielt er nach Steinen Ausschau, fand aber nur wenige, die für eine Pfeilspitze außerdem zu weich und rund waren.

Er sah sich den Pfeil noch einmal genau an. Der glänzende Stein an der Pfeilspitze war anders als die Steine dieser Gegend. Das bedeutete, dass der Besitzer des Pfeils nicht von hier war. Vermutlich war er bei der Jagd von einem anderen Teil des Planeten in diesen Teil des Waldes geraten.

Mark sah zu den Bergen hinüber. Vielleicht kamen die Pfeilmenschen von dort. Und plötzlich fasste er einen Entschluss. Er wollte diese Menschen oder Außerirdischen, oder was sie auch immer waren, finden. Alles war besser als das Alleinsein. Heute wollte er nicht im Kreis, sondern geradeaus gehen.

Am Morgen hatte er noch Angst vor den Pfeilmenschen gehabt. Jetzt hatte ihn die Neugier gepackt und er wünschte sich beinahe verzweifelt, mehr über sie herauszufinden.

Kapitel 11

An diesem Tag kam er auf seinem Erkundungsgang in eine ganz neue fremdartige Umgebung. Die Vegetation war immer noch sehr üppig, doch die Pflanzen waren eher gelb statt rot und die Bäume waren klein und knorrig. Er begegnete nur einem einzigen, rehartigen Tier, groß wie ein Pferd, mit kurzen, gewundenen Hörnern, dem zwei gesprenkelte Kitze folgten. Als es Mark bemerkte, sprang es mit den beiden Jungen scheu davon.

Von den Pfeilmenschen keine Spur. Entmutigt gestand sich Mark ein, dass er sich bezüglich ihres Wohnortes getäuscht haben musste. Morgen wollte er eine andere Richtung ausprobieren.

Mark setzte sich unter einen niedrigen, blätterlosen Baum und knackte einen Baumstein. Dieser Teil des Waldes war trocken, kahl und hässlich. Er war froh, dass er in einer üppigeren Gegend wohnte. Mark lachte. Er war stolz auf sein Zuhause. Schon ein paar Zweige in den Bäumen machten ihn stolz.

Er trank den braunen Saft und hing seinen Gedanken nach. Es war nicht auszuschließen, dass er das Licht niemals finden würde. Bis jetzt hatte er keine langfristigen Pläne gemacht, weil er seine Situation nur als vorübergehend angesehen hatte. Aber wenn das nicht so wäre, was dann? Wenn er sein ganzes Leben in dieser primitiven Welt würde verbringen müssen?

Ein gellender Schrei riss ihn aus seinen Gedanken.

Mark sprang auf. Eine Stimme – die Pfeilmenschen. Er griff nach seinen Waffen und wartete.

Nichts.

Warum hatte er nicht besser aufgepasst? Er wusste nicht, wie weit die Stimme entfernt gewesen oder aus welcher Richtung sie gekommen war.

Da. Ein lautes animalisches Heulen und dann wieder ein Schrei. Diesmal klang er schmerzverzerrt. Jemand war verletzt. Mark rannte los, rannte durchs Gehölz in Richtung des Schreis.

Schon meinte er, die Richtung verloren zu haben, da ertönte wieder dieser verzweifelte Schrei. Mark hetzte durch den Wald, sprang über Büsche und lief geduckt unter Ästen durch.

Er war schneller dort als erwartet.

Er kroch gerade durch ein Gebüsch, als er vor sich eine Art Hund oder Wolf erblickte, der sich auf die Hinterbeine aufgerichtet hatte und mit dem Kopf bis über die unteren Zweige eines Baumes ragte. Er stand mit dem Rücken zu Mark, schlug mit seinen Vorderpfoten auf etwas im Baum und gab wieder dieses grauenhafte Heulen von sich.

Ein riesiges Tier, in dieser aufrechten Haltung mindestens so groß wie Mark. Das graue Rückenfell war lang und struppig, von seinen Lefzen triefte der Schaum.

Etwas in dem Baum – es war von Blättern verdeckt, konnte aber eine Art Affe sein – versuchte verzweifelt nach oben zu klettern. Aber der eine Arm hing schlaff herab und ein Bein blutete. Der Heuler schlug mit seinen Krallen auf sein Opfer ein.

Ohne nachzudenken nahm Mark seinen einzigen Pfeil und legte ihn auf den Bogen. Er trat unter den Bäumen hervor, spannte, zielte und schoss in einer einzigen Bewegung.

Der Schuss saß. Der Pfeil traf den Heuler mitten in den Rücken, aber das reichte nicht. Die Bestie drehte sich um und wandte sich Mark zu.

Dieser stolperte nach hinten und tastete nach seinem Speer. Er wollte wegrennen, aber seine Beine waren wie am Boden festgewachsen.

Der Heuler schaffte die Lichtung in drei Sätzen und setzte zum Sprung an. Sein Gewicht riss Mark nach hinten und warf ihn zu Boden. Noch eine Sekunde, dachte Mark, und er hat meine Kehle durchgebissen. Das ist das Ende.

Das Ende kam nicht. Er kroch unter dem schweren Tier hervor.

Der Heuler war tot.

Als er auf ihn zugestürzt war, hatte ihm Mark instinktiv den Speer entgegengehalten, dessen scharfe Spitze das Tier direkt ins Herz getroffen und sofort getötet hatte.

Blut rann über Marks Gesicht. Zitternd stand er auf und starrte auf die Bestie herab. Das riesige Maul stand halb offen und entblößte die schrecklichen, messerscharfen Zähne, die ihn fast in Stücke gerissen hätten. Die Krallen an den Pfoten waren länger als die von Bären und deutlich größer als Marks Finger.

Mark schluckte. Das war knapp. Wirklich knapp. Hätte der Speer das Tier nicht direkt ins Herz getroffen, hätte es nur eine halbe Sekunde mehr Zeit gehabt – wäre er tot gewesen.

Plötzlich dachte Mark wieder an das Opfer des Heulers und schaute zu dem kleinen Baum auf der anderen Seite der Lichtung.

Er war leer.

Kapitel 12

Mark folgte der Blutspur, bis sie sich verlor. Dann suchte er systematisch nach weiteren Spuren. Er entdeckte kleine Fußabdrücke, die von einem Menschen stammen konnten, nur die Zehen schienen zusammengewachsen zu sein. In dem ganzen Durcheinander hatte er nur erkennen können, dass das kleine Ding zwei Arme und Beine besaß. Das Gesicht war verdeckt gewesen, aber er erinnerte sich an lange, dunkle Haare.

Im dichten Gras endete die Fährte. Das verwundete Opfer des Heulers war verschwunden.

»Das nenne ich Dankbarkeit«, brummte Mark vor sich hin und ging zur Lichtung zurück. Der Heuler lag so, wie er ihn zurückgelassen hatte.

Mit einiger Mühe gelang es ihm, den Speer aus dem toten Körper herauszuziehen. Der Pfeil jedoch, der direkt neben dem Rückgrat eingedrungen war, brach ab, als Mark an ihm rüttelte.

Er betrachtete das leblose Tier. Unglaublich, dass er diesen Angriff überlebt hatte. Das Ding war riesig groß und bestens zum Töten ausgestattet. Eine Mordmaschine.

Und er hatte sie erlegt.

Stolz erfüllte ihn. Und ein merkwürdiges Gefühl von Macht. Er reckte das Kinn empor. »Ich habe heute ein Leben gerettet ohne getötet zu werden. Ich werde mehr

Pfeile herstellen, bessere Pfeile. Die Bewohner des Waldes werden Angst vor mir haben.« Er sprang auf und boxte in die Luft. Er wollte singen und allen zeigen, was er vollbracht hatte.

»Ich bin der Jäger des schrecklichen Heulers«, sang er und stampfte mit den Füßen auf den Boden. »Ich ... bin ... der ... Beste ... Ich ... bin ... der ... Jäger ... des ... schrecklichen ... Heulers.« Mark zog sein Messer und trennte sämtliche Krallen von den Pfoten. Dann tanzte er johlend um den blutigen Kadaver herum, bis ihm die Puste ausging.

Er wollte das Tier häuten. Die Haut würde er für Mokassins, einen Köcher und vielleicht für Kleidung gebrauchen können. Mark kniete sich hin und mühte sich eine ganze Stunde damit ab, aus dem Rücken und den Seiten ein viereckiges Stück Fell herauszuschneiden, das ungefähr einhundertundzwanzig auf neunzig Zentimeter groß war. Die Haut an Kopf und Beinen ließ er dran.

Nachdem das Fell entfernt war, lag das Fleisch offen da. Jetzt erst dachte er daran, dass er es auch essen könnte. Das Tier erinnerte ihn stark an einen Hund und die Vorstellung, Hundefleisch zu verzehren, war nicht unbedingt appetitanregend. Aber er hatte auch schon Insekten, Würmer und Eidechsen gegessen, warum nicht auch Hund? Das Fleisch war fest und dunkel. Er schnitt sich längliche Stücke heraus, die er mit zum Lager nehmen wollte.

Die Aufregung der vergangenen Stunden hatte ihn hungrig gemacht. Er sammelte seine Vorräte ein, öffnete einen Baumstein und trank. Gleichzeitig kaute er an einem Streifen des getrockneten Eidechsenfleisches.

Das Leben hier war nicht gerade einfach. Aber sollte er

wirklich nicht mehr nach Hause finden, würde er es schon schaffen. Im Jagen und Spurenlesen würde er noch besser werden und er würde auch immer bessere Waffen herstellen können.

Früher oder später würde er die Pfeilmenschen ausfindig machen. Aber auch allein würde er gut zurechtkommen.

Denn er hatte den Heuler getötet.

Kapitel 13

Ein Baumstein nach dem anderen landete auf seinem Rücken.

»Hör endlich auf, Willie. Ich will jetzt nicht mit dir spielen. Du siehst doch, dass ich arbeite.« Mark hatte sich den zerbrochenen Pfeil genau angesehen und versucht, genauso die Federn in Schlitzen am Schaft zu befestigen. Am Tümpel hatte er schließlich auch gerade Stöcke von einem weidenähnlichen Rohr gefunden, aus dem er weitere Pfeile bauen konnte. Da er immer noch keine geeigneten Steine für die Pfeilspitzen aufgetrieben hatte, spitzte er die Schäfte nadelfein an.

Seit vier Tagen hatte er keinen Erkundungsgang mehr gemacht, so sehr hatte ihn die Suche nach Vogelfedern und geeignetem Holz für die Pfeile in Anspruch genommen. Wenn er nicht gerade mit der Herstellung von Pfeilen beschäftigt war, übte er Schießen.

Abends, nach der Nahrungssuche, bastelte er aus den Klauen des Heulers und einer Schlingpflanze eine Kette, die er fortan immer trug. Das Fleisch hatte gut geschmeckt, obwohl es sehnig und zäh gewesen war. Er hatte es am Spieß gebraten und gegessen, bis er nicht mehr konnte. Trotzdem verspürte er noch immer unstillbaren Hunger. Obwohl er satt war, dachte er unentwegt ans Essen und überlegte, ob er nicht doch einen Büffel zur Strecke bringen sollte.

Willie wackelte herbei und kroch auf seinen Schoß. Mark legte den Pfeil, an dem er gerade arbeitete, beiseite und sagte: »Na gut. Vielleicht ist jetzt Zeit für eine Pause. Ich habe dich wohl in letzter Zeit etwas vernachlässigt. Komm, wir machen einen Spaziergang zum Tümpel.«

Mark klopfte auf seine Schulter. Das war für den Affenbären das Zeichen auf seinen Rücken zu springen. Willies lange, haarige Arme umklammerten Marks Nacken.

Jedes Mal, wenn sie aus dem tiefen Wald herauskamen, wurde der kleine Kerl nervös und ging nur mit, wenn Mark ihn trug.

Am Tümpel tranken sie einen erfrischenden Schluck. Mark starrte sein Spiegelbild an. Wie sehr hatte er sich verändert. Seine Haare waren schulterlang und mit den Waffen und der Klauenkette sah er wie ein steinzeitlicher Krieger aus.

Das stämmige Kind, das unbedingt über die Raketenbasis wandern wollte, war nicht bei bester Kondition gewesen. Aber dieser Junge hier, der ihm aus dem Tümpel entgegensah, war mager und durchtrainiert. Seine Unterarme waren mit harten Muskeln bepackt. Er konnte jetzt an jeder beliebigen Ranke bis in die höchsten Baumkronen klettern und beim Pflücken der Baumsteine brauchte er sich sogar nur mit einer Hand festzuhalten. Seine Sinne waren geschärft und er wurde ein immer besserer Jäger. Das hatte sich beim gestrigen Abendessen gezeigt, als es zum ersten Mal gebratenen Schreivogel gab, den er mit einem Pfeil hoch oben aus einem Baum geschossen hatte.

Mark sah Willie zu, der auf der anderen Seite des Tümpels im Wasser spielte. »Wie wäre es mit einem kleinen Erkundungsgang, Junge? Nicht weit. Ich verspreche dir, dass wir zum Abendessen zurück sind.« Er klopfte sich auf die Schulter und Willie spazierte um den Tümpel herum und sprang leichtfüßig auf Marks Rücken.

Mindestens drei Meilen wanderte Mark in eine bisher unerforschte Richtung. Der Wald wurde immer lichter und der verhangene, gelbe Himmel immer deutlicher sichtbar. Er musste die Augen zusammenkneifen, so sehr hatte er sich an die Dunkelheit des Waldes gewöhnt.

Das Gras wuchs nur unregelmäßig hier und zum ersten Mal sah er größere Flächen bloßer Erde. Sie ähnelte der Erde zu Hause und er vermutete, dass alle Planeten einander glichen. Was hatte Carl Sagan doch gesagt? Ja, wir sind alle aus Sternenstaub gemacht – aus Kohlenstoff, Säure, Stein und Gas. Erde blieb Erde, egal auf welchem Planeten.

Er zerkrümelte etwas Erde zwischen seinen Fingern. Morgen wollte er noch weiter gehen. Morgen würde er den Bogen, den Köcher mit den Pfeilen und den Speer einpacken und das Land hinter dem Wald erforschen. Vielleicht sollte er Willie zur Gesellschaft mitnehmen. Diesem Planeten musste er auf den Grund kommen.

Kapitel 14

»Komm schon. Ich trage dich doch. Was hast du denn?« Mark verschränkte die Arme und starrte verärgert zu dem Affenbären im Baumhaus hinauf. Willie war bis in die Krone geklettert und wollte sich nicht herunterlocken lassen.

»Du bist echt kindisch. Also gut.« Mark schulterte die Waffen und den Proviant. »Aber mach mir hinterher keine Vorwürfe. Ich gehe jetzt für ein paar Tage fort.«

Willie schnalzte und kreischte und schüttelte an den Ästen.

»Was hast du nur? Weißt du etwas, was ich nicht weiß, über diesen Teil des Waldes?«

Der Affenbär schüttelte weiter an den Ästen und gab merkwürdige Geräusche von sich.

Mark zuckte die Achseln. »Du brauchst dir keine Sorgen um mich zu machen. Du weißt doch, dass ich sogar den Heuler getötet habe. Du musst hier nur die Stellung halten, bis ich zurück bin.« Er drehte sich um und ging über die Wiese. Willies Schnalzen folgte ihm, bis er außer Sichtweite war.

Mark schlug dieselbe Richtung ein wie am Vortag und ging zügig durch das Dunkel, bis der Wald sich lichtete und er das Tempo verlangsamte. Hier war er weniger geschützt und konnte leicht zum Ziel für Feinde wie den Büffel werden.

Ohne Unterbrechung wanderte er bis in den Spätnachmittag hinein. Er wusste nicht, warum es ihm so wichtig war, das Gebiet hinter dem Wald kennen zu lernen.

Ohne Nahrung kam er jedoch nicht aus, also machte er schließlich doch eine Pause. Am liebsten hätte er sich in dem warmen Sand niedergelassen, das wäre ein herrliches Gefühl gewesen. Aber er wusste, im offenen Gelände war es zu unsicher. Er suchte sich ein Plätzchen im Schatten eines Baumes und verschlang hastig ein Stück Baumstein und einen Streifen Trockenfleisch, das noch vom Heuler stammte.

Über sich hörte er ein unbekanntes Geräusch. Mark legte den Kopf in den Nacken und suchte mit den Augen die Bäume ab. Ein großer Vogel mit einem runden Kopf wie eine Eule wollte ihn schimpfend von dem Baum verjagen.

Mark schaute genauer hin. Diese Federn. Sie hatten dieselbe rotschwarze Zeichnung wie die Federn seines ersten Pfeiles, der von den Pfeilmenschen stammte. Vielleicht waren sie ganz in der Nähe.

Er ging weiter. Das Gehen wurde immer leichter, denn das dichte Buschwerk und das Unterholz waren verschwunden und der Boden fast ganz von rotem Sand bedeckt.

Vor ihm hoppelten Dutzende dieser großen, hasenähnlichen Tiere, wie das, das er einmal auf seiner Wiese gesehen hatte. Wie Kängurus hüpften sie auf den Hinterläufen und verschwanden in sandigen Löchern unter Baumwurzeln. Mark machte sich im Geiste eine Notiz von dieser neuen Nahrungsquelle.

Als es dunkel wurde, bereute Mark, dass er sich noch keine Vorrichtung zum Wassertragen ausgedacht hatte.

Der Saft der Baumsteine schmeckte gut, doch nach dem anstrengenden Marsch verspürte er mächtigen Durst nach frischem Wasser. Aber er musste sich wohl noch gedulden.

Der Tag ging zu Ende ohne dass Mark ans Ziel gelangt war. Er hatte gehofft bei Einbruch der Dunkelheit das Ende des Waldes erreicht zu haben, aber die Bäume, wenngleich weiter auseinander stehend, schienen kein Ende zu nehmen. Wenn es nicht regnete und er kein Wasser fand, musste er morgen wieder zurück. Nahrung war kein Problem. Er konnte jagen und die Kunst des Feuerschlagens mit Hilfe der stumpfen Seite seines Taschenmessers und eines Steins, den er immer bei sich trug, beherrschte er beinahe meisterlich. Mit geeignetem Zunder und trockenem Laub konnte er die Funken leicht zu einem Feuer entfachen.

Unter einem knorrigen Baum strich er den Sandboden glatt, legte sich nieder und stützte sich auf die Ellbogen. Als er daran dachte, wie schwer er sich früher getan hatte mit Zündhölzern ein Feuer anzubekommen, musste er lachen. Vor mehreren Jahren war er einmal mit seinem Vater zelten gewesen. Damals hatten sie die Nacht frierend in ausgekühlte Schlafsäcke gehüllt im Zelt verbringen müssen, weil ihnen die Zündhölzer nass geworden waren.

Bei dem Gedanken an seinen Vater bekam er ein schlechtes Gewissen. Es war schon fünf Tage her, seitdem er das letzte Mal auf die Suche nach dem Licht gegangen war. Aber was sollte er tun? Im Moment war es wichtiger, Pfeile herzustellen, zu essen, überhaupt zu überleben. Seine Eltern hätten bestimmt Verständnis dafür.

Der Anblick des Nachthimmels war neu für ihn. Im

Urwald waren nur Bäume zu sehen, wenn man nach oben blickte. Hier herrschte tiefschwarze Nacht. Wo die Sterne bloß waren?

Mark streckte sich aus und starrte in die Dunkelheit. Wahrscheinlich waren die Sterne von dem hässlichen, gelben Dunst verdeckt.

Er schloss die Augen und träumte sich in den Sternenhimmel hinein.

Kapitel 15

Es war früh am Morgen. Sie waren keine zwanzig Meter von seiner Schlafstelle entfernt. Er hatte die Augen geöffnet, lag aber bewegungslos da um sich nicht zu verraten.

Sie waren zu fünft, ihre Oberkörper waren unbedeckt, ganz offensichtlich handelte es sich um Frauen. Sie hatten Lederschurze an und trugen ihr langes, schwarzes Haar offen. Sie hatten große Gefäße bei sich und gaben sich keine Mühe leise zu sein. Eine Frau lachte laut über die Bemerkung einer anderen.

Menschen, dachte Mark. Planetenmenschen. Den Menschen auf der Erde gar nicht unähnlich.

Als sie vorüber waren, stand Mark auf, packte seine Sachen zusammen und folgte ihnen unauffällig.

Sie nahmen einen gut ausgebauten Pfad, den er wahrscheinlich gar nicht entdeckt hätte, wäre er an diesem Tag umgekehrt. Mark huschte vorsichtig von einem Baum zum nächsten. Dann hörte er ein Geräusch, das ihm irgendwie vertraut vorkam.

Wasser. Sie gingen zu einem kleinen Bach, der sich zwischen den Bäumen hindurchschlängelte. Mark kroch so nah wie möglich heran und beobachtete sie.

Die Mädchen hatten olivdunkle Haut und kleine Augen mit einer zusätzlichen Lidfalte. Ihre Sprache hatte fremdartige Schnalzlaute, er verstand sie nicht. Ein Mädchen hinkte und trug kein Wassergefäß. Als sie sich niederkniete um aus dem Bach zu trinken, konnte Mark ihre Fußsohlen sehen. Sie waren dick gepolstert und die Zehen waren von einer netzartigen Hülle umgeben.

Als sie die Gefäße gefüllt hatten und sich zum Gehen wandten, zog Mark sich lautlos vom Pfad zurück. Sie liefen dicht an ihm vorbei. Sie waren relativ klein, reichten ihm höchstens bis zur Brust.

Das hinkende Mädchen ging am Schluss. Er konnte das verletzte Bein gut sehen. Sie hatte tiefe Fleischwunden, die noch kaum verheilt waren.

Mark wunderte sich. Das Bein sah aus, als sei es zerfetzt worden ... von Klauen. Sie musste auf dem Baum gewesen sein, als er den Heuler erlegt hatte. Schon wollte er hervortreten und sie ansprechen, da er sie aber nicht erschrecken wollte, hielt er sich zurück.

Er folgte ihnen über den sandigen Boden durch den lichten Wald, bis der Baumbestand wieder dichter wurde. Hier hätte er ihnen kaum unbemerkt folgen können, hätte sich jemand nicht die Mühe gemacht einen breiten, bequemen Pfad zu schlagen.

Die Mädchen blieben stehen, damit sich ihre verletzte Kameradin ausruhen konnte. Diese setzte sich auf einen Baumstumpf am Weg und bedeutete ihnen weiterzugehen. Doch sie wollten ohne sie nicht gehen und das Mädchen sprach ungehalten in seiner schnalzenden Sprache und winkte sie fort. Da nahmen sie ihre Krüge auf und gingen.

Mark kaute auf seinen Lippen. Er musste mit diesem Mädchen sprechen. Doch wie? Sie würde ihn nicht verstehen.

Er wartete ab und beobachtete sie – vielleicht fand er doch noch einen Weg sich verständlich zu machen. Sie war auf eine fremdartige Weise durchaus hübsch. Ihre Haut war glatt und makellos und wenn die kleinen, runden Augen und die platt gedrückte Nase nicht gewesen wären, hätte sie fast wie ein Mensch von der Erde ausgesehen.

Mark hatte eine Idee. Leise trat er aus seinem Versteck hinter den Bäumen hervor und stellte sich direkt vor sie auf den Weg.

Sie sprang auf und schrie mit angstvoll aufgerissenen Augen: »Mawof. Ta Ta Mawof.« Sie wollte fortlaufen.

Mark trat einen Schritt zurück. »Ich tu dir nichts. Sieh doch.« Er legte seine Waffen nieder und erhob die Hände. »Ich möchte dein Freund sein.«

Ihr entsetzter Blick wanderte zu seiner Klauenkette. »Kakon ne wat te!«

»Genau.« Mark fasste die langen Klauen an. »Ich habe dich gerettet. Ich habe den Heuler getötet.«

Aus der Ferne kam ein Rufen. »Lee-ta? Wak ta to ek?«

»Ist das dein Name?«, fragte Mark. »Leeta?«

Das Mädchen starrte ihn an. Sie hatte den ersten Schrecken überwunden, war aber immer noch ängstlich und verwirrt. »Na to nuk. Na to nuk.« Sie zeigte in den Wald, machte einen Bogen um ihn und rannte den Pfad entlang.

Mark zögerte. Was sollte er tun? Warum hatte das Mädchen auf den Wald gezeigt? Was wollte sie ihm sagen? Er hob seine Sachen auf. Der Wald konnte warten, jetzt wollte er erst einmal sehen, wohin Leeta und ihre Freundinnen gingen.

Es war leicht, ihnen zu folgen. Der Pfad war mindestens so breit wie ein Fahrradweg. Er hielt einen großen Abstand zu den Mädchen und sah sich dabei verwundert um. Die Gegend ähnelte stark seinem Teil des Urwalds, nur war es hier viel bunter. Die Pflanzen und Bäume waren nicht ganz so rot und die Blumen blühten weiß, gelb und orange.

Hinter dem Waldrand nahm er Stimmen und Bewegungen wahr. Mark schlich näher, legte sich auf den Bauch und sah überrascht vor sich eine große Lichtung, wo sich ein richtiges Dorf mit Hütten aus Holz befand. Die meisten Hütten waren klein und rund, nur in der Mitte stand ein größeres, langes Gebäude. An einem offenen Feuer brieten ein paar Frauen Fleisch, andere gruben mit spitzen Stöcken einen Garten um. Kinder rannten umher und spielten mit einem Stein, der an einer Ranke festgebunden war. Männer schnitzten mit einfachen Steinwerkzeugen oder saßen am Feuer und rauchten.

Was er sah, erinnerte ihn an eine Szene aus vorgeschichtlicher Zeit. Die Pfeilmenschen trugen Häute von ihm unbekannten Tieren. Nichts Neuzeitliches war zu sehen, keine Werkzeuge oder Kochgeräte aus Metall. Alles kam aus der Natur und war von Hand bearbeitet.

Die Mädchen trugen die Wassergefäße in die lange Hütte. Leeta blieb draußen und sah ständig unruhig zum Wald hinüber. Eine ältere Frau sprach sie an, worauf sie widerstrebend in die Hütte ging.

Mark wartete lange, aber Leeta kam nicht wieder. Der Hunger quälte ihn. Er kroch ins Unterholz zurück und hockte sich hin. Er wusste jetzt, wo die Pfeilmenschen wohnten, und konnte jederzeit wiederkommen. Und da die Mädchen ihn zum Wasser geführt hatten, konnte er sich unbegrenzt lange in dieser Gegend aufhalten.

Aber zuerst musste er etwas essen. Und dann wollte er einen Plan schmieden, wie er den Pfeilmenschen begegnen konnte.

Kapitel 16

Das Bachwasser schmeckte besser als das Wasser aus seinem Tümpel. Im Wald hatte er eines dieser Hasentiere erlegen können und nun entfachte er ein kleines Feuer um es zu braten.

Er wollte im Wald warten, nahe der Stelle, wo er Leeta begegnet war. Vielleicht trieb die Neugier sie an die Stelle zurück.

Hinter ihm knackte ein Zweig. Er ergriff den Speer und schaute sich um, konnte aber nichts entdecken.

Mark runzelte die Stirn. Er musste sich verhört haben. Vorsichtig trat er hinter das Feuer und lauschte. Kein Geräusch, keine Bewegung war wahrzunehmen.

Nach einer Weile ging er wieder zum Feuer. Als Spieß benutzte er einen frischen Ast, nur beim Wenden musste er aufpassen, dass er nicht zu dicht an die Flammen kam.

Das Fleisch brutzelte vor sich hin, der Bratensaft tropfte ins Feuer und verbreitete einen wunderbaren Duft. Bevor er es noch einmal umdrehte, wollte er einen Baumstein essen. Er griff hinter sich.

Der Stiefel war fort.

»Was um alles ...« Mark suchte rund um die Feuerstelle. Er hätte schwören können, dass der Stiefel vor ein paar Minuten noch da gewesen war.

Er drehte den Spieß noch einmal um und nahm dann den Hasen vom Feuer. Dann nahm er den Speer und ging ein paar Meter den Pfad entlang. Sein Magen knurrte. Mark beschloss doch lieber erst zu essen und danach seinen Stiefel zu suchen.

Als er zum Feuer zurückkam, war der Hase verschwunden, ebenso sein Bogen und die Pfeile.

Leeta. Sie hatte ihn hierher bestellt. Das konnte nur sie sein. Wütend stürmte er auf den Weg hinaus. »Leeta! Ich weiß, dass du da bist. Leeta? Bring mir die Sachen wieder.«

Ein Baumstein traf seinen Kopf. Er schaute nach oben und sah sie ruhig auf einem Ast sitzen und seine Habseligkeiten betrachten.

Mark rieb sich den Kopf. »Das ist überhaupt nicht komisch.« Er sprang hoch und versuchte sie zu erwischen, aber sie kletterte weiter nach oben.

»Dann hol ich mir die Sachen eben!« Mark begann zu klettern. Das fremde Mädchen ließ bis auf den Bogen und den Köcher alles fallen, legte einen Pfeil an und zielte direkt zwischen seine Augen. »Warte.« Mark hielt seine Hände hoch. »Du bringst alles durcheinander. Du bist doch der Dieb und ich will nur meine Sachen zurück.«

Sie reckte ihr Kinn. »Tso tso Kakon ne.«

»Was heißt das? Kann ich wenigstens das Essen wiederbekommen? Ich verhungere.« Er näherte sich dem Hasen, der ein paar Meter weiter im Gras gelandet war.

»Nah. Nah.« Sie schüttelte den Kopf und bedeutete ihm sich zu entfernen.

Mark blieb stehen. »Das ist doch blöd. Wenn du hungrig bist ...«, sagte er und rieb sich den Bauch, »kannst du etwas abhaben.« Er zeigte auf den Hasen und dann auf sie.

Sie blickte ihn lange an, dann senkte sie leicht den

Bogen. Mark griff nach dem Hasen, wischte das Gras ab und ging zum Feuer.

Er tat, als interessiere er sich nicht weiter für sie, legte ein paar Stöcke nach und briet den Hasen zu Ende.

Sie war sehr flink. Trotz ihres verletzten Beins war sie im Handumdrehen vom Baum geklettert, kam aber nicht näher heran.

Er kümmerte sich weiter um den Braten und als er fertig war, riss er ein Stück Fleisch heraus und hielt es ihr entgegen. Sie rührte sich nicht und schaute ihn nur stumm an.

»Bedien dich.« Mark holte sein Messer hervor und öffnete einen Baumstein. Fasziniert sah sie zu. Er hielt ihr eine Hälfte hin und fast sah es aus, als wollte sie zugreifen, aber dann besann sie sich und trat einen Schritt zurück.

Mark futterte in sich hinein, dann wischte er die Hände an der Hose ab und überlegte, was er tun sollte.

Leeta wirkte nervös. Ständig sah sie nach hinten und Mark befürchtete, sie könnte weggehen. Mit dem Finger stieß er gegen seine Brust und sagte: »Mark.« Dann zeigte er auf sie. »Leeta.« Und wieder: »Mark ... Leeta.«

Sie reagierte nicht. So versuchte er eine andere Taktik. Er berührte seine Klauenkette, gab ein Knurren von sich, ergriff den Speer und stieß damit in die Luft.

Ein leises Kichern kam über ihre Lippen.

Er senkte den Speer. »Findest du das komisch? Na, immerhin etwas.« Er hockte sich hin. »Also gut. Jetzt bist du dran.«

Sie starrte ihn nur aus glänzenden, schwarzen Augen an. Hinter ihr nahm er eine Bewegung wahr. Mark sprang auf, aber bevor er den Speer zu fassen bekam, war er umzingelt.

Die Stammesgenossen von Leeta hielten ihre Waffen auf ihn gerichtet. Mark sah in die Runde. Er hatte den falschen Namen für sie gewählt. Es waren Pfeilmenschen, sie besaßen aber auch Keulen, Blasrohre und einfache Armbrüste.

Ein finster aussehender Mann mit schwarz tätowierten Punkten auf der Stirn und einem langen, dünnen Knochen in der Nase trat an das Feuer. Böse schaute er auf Leeta. Dann erhob er die Keule.

Das war das Letzte, was Mark sah, bevor er bewusstlos wurde.

Kapitel 17

Sein Kopf schmerzte und sein Arm fühlte sich wund und geschwollen an, dort, wo der Pfeil aus dem Blasrohr ihn getroffen hatte. Mark hielt sich den Kopf und setzte sich auf. Er saß in einer runden Holzhütte auf dem blanken Erdboden.

Durch die offene Tür drang Flüstern gefolgt von glockenhellem Gelächter. Mark drehte sich um und bemerkte einige kleine Kinder, die ihn neugierig anstarrten.

Er stand auf und stieß mit dem Kopf gegen die Decke. Die Kinder brüllten vor Lachen.

»Ihr seid alle etwas kurz geraten, oder?« Mark sah sich in dem kleinen Raum um und entdeckte an der Wand seine Habseligkeiten. Alles war da: sein Stiefel, sein Kompass, sein Messer, sein Speer, sein Bogen und seine Pfeile.

Er kratzte sich am Kopf. Das passte doch nicht zusammen. Wenn er ein Gefangener war, warum ließen sie ihm dann seine Waffen?

Eine gebückte alte Frau mit kurzem, grauem Haar trat ein. Sie trug ein großes, rotes Blatt und eine geschnitzte Holzschale mit einer dampfenden, weißen, breiigen Masse. Sie stellte die Schale vor ihn hin und ließ sich auf die Knie nieder. »Kakon ke ity.«

Mark betrachtete den Brei. »Das soll ich essen?« Mit der Hand ahmte er Essbewegungen nach.

Die Alte nickte eifrig. »Kakon ke ity.«

Er hockte sich hin und ergriff das Blatt. »Ihr wollt mich hoffentlich nicht vergiften.«

Die Frau schenkte ihm ein runzliges Lächeln und entblößte dabei ihren zahnlosen Kiefer.

Mark versuchte ein wenig von dem Brei. Er schmeckte fad, aber nicht ungenießbar. Er nahm noch einen Bissen, während die Frau und die Kinder den Blick nicht von ihm ließen. Mutig schlang er den Rest hinunter, wischte sich den Mund ab und reichte der Alten die Schüssel. »Ein Lob dem Koch.«

Sie lächelte wieder und entfernte sich.

Mark folgte ihr zur Tür. Ein Wächter war nicht zu sehen. Nur die Kinder schienen sich für ihn zu interessieren. Alle anderen gingen ihrer täglichen Routine nach.

Er trat hinaus. Niemand nahm Anstoß daran. Die Kinder umringten ihn, berührten seine helle Haut und deuteten auf seine fremdartigen Zehen und Augen. Ein kleiner Junge befühlte den Stoff seiner ausgeblichenen, blauen Jeans. Ein älteres Kind sagte etwas in dieser schnalzenden Sprache und zeigte auf seine Klauenkette. Die anderen waren beeindruckt und drängten sich heran um besser zu sehen.

»Ihr könnt von Glück reden, dass ich keinen Eintritt verlange.« Mark ging an ihnen vorbei über den offenen Platz.

Zwei Männer waren damit beschäftigt, einen rechteckigen Schild schwarz und orange zu bemalen. Sie nickten ihm freundlich zu.

Mark nickte zurück. »Hi. Schöner Tag heute.«

Sie tauschten Blicke und wandten sich achselzuckend ihrer Arbeit zu.

Er schlenderte durch das Dorf und erntete nur freundliche Blicke. Niemand versuchte ihn aufzuhalten.

Der finster aussehende Mann mit der Stirntätowierung und dem Nasenknochen saß an einer kleinen Feuerstelle und beobachtete ihn. Er winkte Mark zu sich.

Der Mann nahm einen tiefen Zug aus einem glimmenden Pflanzenstängel und reichte ihn dann weiter an Mark.

Mark sah ihn sich genau an. Der Glimmstängel war fest mit Blättern umwickelt und mit Ranken zusammengeschnürt. »Meine Eltern werden nicht gerade begeistert sein.« Er ergriff den übel riechenden Stängel und nahm aus Höflichkeit einen kurzen Zug. Der scharfe Geschmack trieb ihm die Tränen in die Augen. Er hustete und reichte den Stängel zurück.

Der Mann lachte und klopfte Mark auf den Rücken. »Kakon et tu bet.«

»Kakon?« Mark reckte das Kinn. »Ständig sagt ihr dieses Wort.« Er legte die Hand auf seine Brust. »Kakon, bin ich das?«

Der Mann schlug fester auf seinen Rücken. »Kakon.«

»Also gut, Kakon.« Mark saß stumm da und beobachtete das Treiben um sich herum. Die Frauen schienen viel mehr zu arbeiten als die Männer. Im Garten entdeckte er Leeta mit einem Grabstock in der Hand und winkte ihr zu. Sie sah zur Seite und hackte weiter.

Mark wandte sich an den Mann. »Bist du der Anführer dieser Leute? Der Häuptling? Der, der das Sagen hat?«

Der Mann brach in einen Schwall von Worten aus. Seine Rede dauerte mehrere Minuten und Mark verstand kein einziges Wort.

Als der Mann geendet hatte, malte Mark mit dem Finger ein paar Strichmännchen in den Sand. Darüber malte er einen größeren Mann mit einer Keule. »Das bist du?«

Wieder folgte ein Wortschwall, dann sprang der Mann auf und eilte in eine Hütte. Kurz darauf kam er wieder und überreichte Mark seine Keule.

»Nein, du hast mich falsch verstanden. Ich möchte deine Waffe nicht. Ich wollte nur ...« Mark begegnete den Augen des Häuptlings und sah dessen erwartungsvollen Blick, als wollte er etwas von ihm.

»Das ist ein Missverständnis. Ich habe nicht viel zum Tauschen. Behalte die Keule doch.«

Der Häuptling wartete.

Widerwillig stand Mark auf und ging zu der Hütte, wo seine Sachen lagen. Er besah sich seine wenigen Habseligkeiten. Das Problem war, dass er eigentlich auf nichts verzichten konnte.

Der Kompass. Den brauchte er nicht. Der würde vielleicht genügen. Den Kompass in der ausgestreckten Hand vor sich hertragend, kam er aus der Hütte. Zuerst starrte der kleine Mann den glänzenden Gegenstand stumm an. Doch dann schüttelte Mark den Kompass, so dass die silberne Nadel in der Mitte die Richtung wechselte.

»Ahh! So so Kakon.« Mit großen Augen schaute der Häuptling zu. Dann griff er danach und hielt ihn wie eine Kostbarkeit in der Hand. Aufgeregt rief er die anderen Männer herbei. »Tsik ma Kakon.« Alle scharten sich um ihn und bestaunten den Schatz. Ein paar schlugen Mark wohlwollend auf die Schulter, als wollten sie ihm zu dem Handel gratulieren.

»Das war nichts Besonderes«, sagte Mark verlegen. »Er war sowieso schon kaputt.« Er fing Leetas Blick auf und ging zum Garten.

Sofort versperrte ein junger Mann ihm den Weg. »Nah. Yi tsi su Lee-ta. Nah.«

»Hör mal, Kumpel, ich möchte doch nur mit ihr sprechen. Sie und ich, wir sind alte Freunde.« Mark wollte an ihm vorbeigehen, doch schnell baute sich der Mann wieder vor ihm auf und gab ihm einen Schubs.

Mark war fast einen Kopf größer als der junge Mann. Er war versucht ihn zur Seite zu stoßen. Er blickte sich um. Alle hatten ihre Tätigkeit unterbrochen und beobachteten die beiden.

Leeta hörte zu graben auf und sah ihn streng an.

Mark vermutete, dass er gegen eine Stammessitte verstieß. Er ging zurück und sagte: »Okay, okay, ich möchte an meinem ersten Tag in der Stadt niemandem zu nahe treten.«

Ein gutmütiges Lächeln machte sich auf dem Gesicht des jungen Mannes breit. »Gott Kakon nee.« Er fasste Mark am Arm und führte ihn zurück zu den Männern.

Dort saß er, bis es beinahe dunkel wurde, und sah ihnen zu, wie sie ihre Waffen richteten, rauchten und redeten. Vor allem redeten. Über eine Stunde sprachen sie ununterbrochen über irgendetwas ohne sich darum zu kümmern, dass er kein Wort verstand.

Bei Anbruch der Nacht versammelten sich alle Dorfbewohner und gingen in die lange, strohgedeckte Hütte im Zentrum des Lagers. Der Häuptling winkte Mark hinein und zeigte ihm, wo er Platz nehmen sollte.

In der Mitte des fensterlosen Raums brannte ein Feuer. Die Menschen setzten sich in einem weiten Kreis darum herum. Der Häuptling klatschte in die Hände, worauf einer der Männer auf einer hölzernen, lederbespannten Trommel zu schlagen begann, die sich dumpf wie ein

Bongo anhörte. Ein anderer Mann stand auf und begann sich rhythmisch zu bewegen, schnell und leichtfüßig. Offenbar stellte er einen fliegenden Vogel dar. Er schoss nach unten, fing etwas auf und erhob sich wieder in die Lüfte.

Als er geendet hatte, ergriff der Häuptling das Wort und sprach sehr lange. Die Kinder mussten diese Rede schon einmal gehört haben, denn sie wurden unruhig und zogen sich zum Spielen in das Hintere der Hütte zurück.

»Kakon tsir tu se. Kakon.«

Mark schreckte auf, als er seinen neuen Namen hörte. Der Häuptling bedeutete ihm aufzustehen.

»Ich?«, fragte Mark erstaunt.

Der Häuptling zog ihn hoch und berührte die langen Klauen der Kette. »Kakon tsir nto tu.«

»Ach so, ich verstehe. Ihr wollt etwas über den Heuler wissen. Also gut ... mal sehen. Also, das war so. Eines Tages erkundete ich die Gegend und wollte mich gerade zum Essen niederlassen, als ich ...« Mark sah in die Gesichter, die ihn verständnislos anstarrten.

Er kratzte sich am Kopf. »Ach so, ich verstehe. Ich mach es wie der Vogelmann und spiele es euch vor. Darin habe ich schon Übung. Leeta war ganz begeistert.«

Bei der Erwähnung ihres Namens drehten sich die Männer nach ihr um. Verlegen bedeckte sie ihr Gesicht und alle lachten.

»Also, es fängt an.« Mark nahm seine neue Keule und schlich langsam im Kreis herum, als würde er jagen. Plötzlich hielt er an und legte die Hand ans Ohr. Geduckt rannte er durch die Menge bis hin zu Leeta. Er legte die Keule beiseite, ließ sich auf alle Viere nieder und kam fauchend und mit Klauen schlagend auf sie zu. Sie kicherte und versuchte ihn wegzustoßen.

Dann trat er ein paar Schritte nach hinten und tat so, als schieße er einen Pfeil auf den Heuler ab. Er ergriff die Keule und erwartete den Angriff der Bestie.

An dieser Stelle beschloss er die Geschichte ein wenig eindrucksvoller zu gestalten. Anstatt niederzustürzen als der Heuler sich auf ihn warf, blieb er breitbeinig stehen und stach auf das Fantasiemonster ein, bis es tot war. Dann stellte er den Fuß auf dessen Kopf und hob triumphierend seinen Speer.

Alle Dorfbewohner begannen gleichzeitig zu sprechen. Anscheinend war er der Knüller. Mark verbeugte sich und setzte sich wieder.

Der Häuptling tätschelte Marks Kopf. Dann klatschte er in die Hände, worauf alle Dorfbewohner aufstanden und der Reihe nach den Raum verließen und ihm im Hinausgehen ebenfalls den Kopf tätschelten.

Mark wusste nicht, wie er sich verhalten sollte.

Leeta blieb zurück. Als alle gegangen waren, deutete sie auf ihn und sagte: »Maak.« Dann zeigte sie auf sich und sagte: »Lee-ta.«

»Ja! Ja!« Mark lächelte. Er streckte die Hand aus. »Keule.«

»Ksaa.«

Er sprang auf und lief schnell in die Mitte des Raumes. »Feuer.«

Sie folgte ihm. »Tisa.«

»Wir sprechen miteinander.« Mark fasste sie an der Schulter. »Ist das nicht wunderbar? Leeta und Mark sprechen.«

Leeta lächelte schüchtern. »Spre-ken.«

Kapitel 18

Da niemand ihm einen Schlafplatz anwies, beschloss Mark in derselben Hütte zu übernachten, in der auch seine Sachen waren. Auf dem Boden lagen bereits einige junge Männer, als er eintrat. Ohne Murren rückten sie zusammen und machten ihm Platz.

Mark legte sich hin, konnte aber nicht einschlafen. So viel war geschehen, dass er es kaum fassen konnte. Nur eins wusste er, es tat gut mit anderen Menschen zusammen zu sein. Gerade mit diesen Menschen, die so unschuldig und friedlich waren.

Er vermutete, dass Leeta sich nach seiner Gefangennahme für ihn eingesetzt hatte. Kaum konnte er es erwarten, sich weiter mit ihr zu unterhalten. Vielleicht wusste sie etwas über das blaue Licht.

Wie immer, wenn er an das Licht dachte, schweiften seine Gedanken zu seinem früheren Leben. Wie lange mochte er schon hier sein? Bestimmt ein Jahr oder noch länger.

Endlich schlief er ein. Aber kaum hatte er die Augen geschlossen, so kam es ihm vor, begannen die anderen sich zu rühren und jemand rüttelte an seiner Schulter.

Er klappte ein Auge auf. Es war der junge Mann, der sich ihm in den Weg gestellt hatte, als er zu Leeta hatte gehen wollen. »Kakon gut no ma.«

Mark stand mühsam auf und folgte ihm nach draußen.

Die Frauen waren schon auf, hatten Feuer gemacht und reichten Schüsseln mit dem heißen Brei herum.

Niemand sprach. Die Männer aßen hastig, dann griffen sie zu den Waffen.

Auch Mark schlang sein Essen hinunter und ging in die Hütte um seinen Speer, den Bogen und die Pfeile zu holen. Wenn es auf die Jagd ging, wollte er nicht zurückbleiben.

Leeta berührte seine Schulter. Sie sah besorgt aus. »Maak. Se dtsik nah. Nah.« Sie schüttelte den Kopf.

»Was? Ich soll nicht mit? Tut mir Leid, ich muss mit. Ich kann eine Menge lernen von diesen Jungs. Außerdem sollen sie nicht denken, ich sei ein Weichling oder so.«

Leeta stampfte mit den Füßen auf. »Nah. Maak. Nah.«

Mark verschränkte seine Arme. »Doch, Leeta. Doch.«

Wütend ging sie zu dem jungen Mann, der ihn geweckt hatte. Flüsternd stritten sie sich einige Minuten lang. Dann zog sie ihn zu Mark hinüber. »Maak. Tukha.«

Mark nickte dem Mann zu. »Tukha.«

Der Mann schien sich über irgendetwas aufzuregen. Er bedeutete Mark mitzukommen. Er stellte sich mit Mark hinter den anderen Männern auf und gemeinsam zogen sie aus dem Lager.

Kaum hatten sie den Wald erreicht, fielen sie in Laufschritt. Manchmal entfernten sich zwei Männer von der Gruppe und stießen später wieder dazu.

Mark hätte sich gerne die neue Umgebung genau angesehen, aber immer wenn er langsamer wurde, trieb Tukha ihn zur Eile an.

Gegen Mittag hielten sie an und machten Rast. Mark staunte über die zahlreichen Vögel, die sie zubereiteten.

Die zwei Männer, die immer wieder verschwunden waren, hatten anscheinend so viele Vögel geschossen, dass jeder genug zu essen bekam.

Sie durften noch etwas Wasser aus einem Ledersack trinken und dann ging es weiter. Tukha hielt sich mit Mark immer am Schluss der Gruppe.

Die Jagd galt offensichtlich nicht den kleineren Tieren, sonst hätten sie die Hasen, die ihnen unterwegs begegneten, nicht laufen lassen. Sie waren also hinter größerem Wild her.

Als die Dämmerung einbrach, versammelten sich die Männer um ihren Häuptling. Dieser hielt einen kleinen Lederbeutel in die Höhe, der eine teerartige Substanz enthielt. Jeder nahm etwas davon auf den Finger und verteilte die Masse auf seinem Gesicht.

Nachdem Tukha mit seinem Gesicht fertig war, half er Mark. Die Männer sahen jetzt ganz anders aus, Furcht erregend und kriegerisch.

Leise schlichen sie durch den Wald, bis sie nach einer halben Stunde an eine sandige Lichtung kamen.

Mark traute seinen Augen kaum. Dort lag noch ein kleines Dorf. Er wurde ganz aufgeregt. Dann gab es auf diesem Planeten überall Menschen. Jemand musste doch etwas über das blaue Licht wissen. Vielleicht konnte er irgendwann mit Leeta hierher kommen und mit diesen Menschen reden.

Die Männer verteilten sich rund um das Dorf und versteckten sich bis lang nach Sonnenuntergang im Gebüsch. Dann erhob der Häuptling seine Keule. Mit gellendem Geschrei stürmten die Männer aus dem Wald in das Dorf.

Mark wollte ihnen nach, doch Tukha fasste ihn grob

am Arm. »Kakon nah. Tsid Lee-ta. Sek tu.« Mark war sich nicht sicher, ob er richtig verstanden hatte. Klar war aber, dass er nicht mitgehen sollte und dass das etwas mit Leeta zu tun hatte.

Tukha zeigte auf die Büsche, wo Mark warten sollte. Dann erhob er drohend seine Keule. »Sek tu.«

»Okay, ich bin nicht blöd. Ich merke schon, wenn ich unerwünscht bin.« Mark setzte sich auf den Sandboden.

Als Tukha sich vergewissert hatte, dass Mark ihm nicht folgte, drehte er sich um und rannte hinter den anderen her ins Dorf.

Mark wusste nicht, was das alles zu bedeuten hatte. Er kniete sich hin, um besser sehen zu können.

Vor ihm spielte sich eine chaotische Szene ab. Die Pfeilmenschen setzten die Hütten in Brand, rannten über den Dorfplatz, warfen Kochtöpfe um und zerschlugen, was ihnen in die Hände fiel.

Mark war wie betäubt. Das war unbegreiflich. Sie waren doch so nett gewesen. Dieselben freundlichen, kindlichen Menschen, die ihn am Tag zuvor quasi adoptiert hatten, taten nun alles um das Dorf und seine Bewohner zu vernichten.

Die Männer in den Hütten waren überrumpelt worden. Doch jetzt kamen sie heraus und kämpften. Die Pfeilmenschen waren bereit. Sie kämpften Mann gegen Mann und trieben die Dorfbewohner in den Wald hinein. Frauen und Kinder rannten schreiend um ihr Leben. Das Feuer hatte keine Hütte verschont und erhellte nun die ganze Umgebung wie ein riesiges Freudenfeuer.

Zu seiner Rechten sah Mark Tukha im Kampf. Er stolperte, fiel und verlor seinen Speer. Einer der Dorfbewohner schlug rasend mit seiner schweren Keule auf ihn ein.

Mark sprang aus dem Gebüsch. »Halt. Du schlägst ihn tot.«

Der kleine Mann erschrak furchtbar, als er den großen, hellhäutigen Jungen aus dem Wald auf sich zukommen sah. Er stolperte nach hinten und rannte in die entgegengesetzte Richtung davon.

Mark ließ seine Keule sinken, nahm Tukha am Arm und schleppte ihn ins Unterholz zurück. Er schüttelte den jungen Krieger, doch Tukhas Augen blieben geschlossen.

Jetzt kamen auch die anderen zurück. Sie waren im Siegestaumel, weil es ihnen gelungen war, die meisten Dorfbewohner zu vertreiben und alles, was nicht wertlos oder kaputt war, zu erbeuten.

Der Häuptling hob gerade die Hand um das Zeichen zum Rückzug zu geben, als er Mark sah, der versuchte Tukha wieder zu beleben. Er schrie ein paar Befehle, worauf zwei Männer eilig den jungen Mann aufhoben und den anderen voran durch den tiefen Wald in Richtung Heimatdorf trugen.

Kapitel 19

Tukha war tot.

Im Dorf ruhte die Arbeit und der Tag diente den Vorbereitungen für das Bestattungsritual. Mark stand am Rande und beobachtete die Zeremonie. Sechs Männer trugen den leblosen Körper zu einem mit Blumen, Blättern und Ranken geschmückten Podest, wo sie ihn mitsamt seinem Speer und seinem Schild niederlegten.

Tukhas Familie, die Schwester – Leeta, wie sich herausstellte – und eine ältere Frau, schritten langsam zum Schlag der Trommel nach vorn und bedeckten Tukhas Gesicht mit einem Stück Fell.

Dann wurde dem Häuptling eine brennende Fackel gereicht. Er hielt sie an das unter dem Podest aufgeschichtete Holz. Die Menschen traten zurück und sahen zu, wie der Leichnam verbrannte.

Mark fasste einen Entschluss. Er konnte nicht länger bei diesen Menschen bleiben. Sie waren zu verschieden. Sie hatten ein ganzes Dorf vernichtet, als sei das nur ein Spiel.

Am nächsten Tag wollte er zu seinem Baumhaus zurück und wieder allein im finsteren Urwald leben.

Er fühlte eine Hand auf seiner Schulter. Leeta war mit der alten Frau gekommen. Mit traurigen Augen erforschte diese sein Gesicht. »Kakon es tat mek Tukha.« Tränen rannen über ihre runzeligen Wangen.

»Es tut mir so Leid«, sagte Mark. Er spürte einen Kloß im Hals. »Ihr Enkel war bestimmt ein guter Mann.«

Leeta führte die Großmutter fort und als der Leichnam vollständig verbrannt war, versammelten sich die Dorfbewohner im Langhaus und sprachen über den Überfall, teilten die Beute auf und trösteten die Familie.

Mark schloss sich nicht an. Wenn es nicht schon so spät gewesen wäre, wäre er sofort aufgebrochen. Er verstand das alles nicht. Die Pfeilmenschen hatten bei dem Überfall eigentlich nicht viel erbeutet, ein paar neue Waffen, einige Perlen und ein bisschen Nahrung. Nichts, wofür es sich zu sterben gelohnt hätte.

Er ging in die Hütte, in der er die Nacht zuvor geschlafen hatte, und suchte seine Sachen zusammen. Im Wanderstiefel waren immer noch ein Baumstein, ein paar Streifen Trockenfleisch, ein leerer Strumpf und einige Stoffstreifen. Statt des Schnürsenkels hatte er eine Ranke eingezogen, die er jetzt an seiner Gürtelschnalle befestigte. Mit dem ersten Morgenlicht wollte er aufbruchbereit sein.

»Maak?« Leeta stand unter der Tür.

Mark schaute nicht auf. Er nahm den Speer und Pfeil und Bogen und schob sich an ihr vorbei. Er wollte die Nacht am Rand der Lichtung verbringen und gleich frühmorgens losgehen. Er wollte diese Menschen und ihre merkwürdigen Bräuche vergessen und sich ganz auf die Suche nach dem blauen Licht konzentrieren.

Leeta folgte ihm vor das Dorf. Er blieb stehen und schaute sie an. »Was willst du noch?«

»Leeta, Maak, spre-ken.«

»Es gibt nichts mehr zu sprechen. Geh zu deinen verrückten Leuten zurück, bevor sie dich hier erwischen und mich auch noch umbringen.«

Leeta knüpfte eine Holzperlenkette von ihrem Hals und legte sie ihm in die Hand. Dann sah sie ihn traurig und verwirrt an und wandte sich zum Gehen.

»Warte.« Mark fasste sie am Arm. Er nahm seine kaputte Armbanduhr ab und band sie um ihr zartes Handgelenk. »Danke für alles, Leeta. Vielleicht laufen wir uns irgendwann einmal wieder über den Weg.«

Sie streichelte die Armbanduhr. »Et tkus Kakon Maak.«

»Ja, du auch.« Er ließ die Perlenkette in den Stiefel gleiten und ging bis zum Ende der Lichtung. Am Waldrand drehte er sich um.

Sie war fort.

Kapitel 20

Die Luft roch nach Rauch. Es war noch dunkel, die Frauen konnten noch nicht beim Kochen sein. Mark riss die Augen auf. Eine dichte, schwarze Rauchwolke hing über dem Dorf. Er kroch durchs Unterholz um besser sehen zu können.

Die Versammlungshütte stand in Flammen.

Sein erster Gedanke war, dass der andere Stamm einen Racheakt verübte. Doch als er die Angreifer erblickte, wusste er, dass er sich irrte.

Diese Krieger waren keine einfachen Pfeilmenschen. Sie ritten auf großen, langhaarigen Tieren, einer Mischung aus Pferd und Kuh, und ihre Waffen waren aus Eisen.

Die Pfeilmenschen hatten keine Chance. Wer sich zu wehren versuchte, wurde sofort niedergemetzelt. Mark beobachtete, wie der Häuptling und ein paar Männer mit ihren primitiven Keulen gegen Schwerter und Äxte kämpften.

Einige versuchten zu fliehen. Sie wurden gejagt und von den Reitern niedergestochen oder von den Reittieren niedergetrampelt.

Mark hielt verzweifelt Ausschau nach Leeta. Er rannte auf die Lichtung und rief ihren Namen. Aus dem Garten kam ein gellender Schrei. Einer der Männer hatte sie in die Enge getrieben und ging jetzt mit seinem Reittier auf sie los.

»Nein!«, schrie Mark und lief los. Ein Seil legte sich um seinen Hals und riss ihn zurück. Er stürzte zu Boden und rang nach Luft. Verzweifelt versuchte er es mit den Händen zu lockern, vergeblich.

Sein Angreifer schleifte ihn auf dem Rücken über den Sandboden bis in die Mitte des Dorfplatzes, wo die Angreifer Männer, Frauen und Kinder zusammengetrieben hatten.

Mark lockerte das Seil und streifte es ab. Jetzt wurde auch Leeta grob zu den anderen gestoßen.

Als sie Mark erblickte, rannte sie auf ihn zu und klammerte sich an seinen Arm. »Es Tsook. Tsook.«

Die Männer stellten sich rund um sie auf. Sie waren viel größer als die Pfeilmenschen, ihre Haut war eher gelblich, aber auch sie hatten diese merkwürdigen Augen.

Der Anführer, ein dicker Mann mit Lederumhang, gab einen Befehl, worauf einige Krieger nach vorn traten und die Pfeilmenschen aneinander fesselten.

Mark, der mit der rechten Hand an Leeta gefesselt war, kam ganz vorn in der Reihe zu stehen. Die Tsook, wie Leeta sie nannte, waren offenbar nicht zum Plündern gekommen, sondern sie waren auf Menschenraub. Und er war jetzt ihr Gefangener.

Der Dicke starrte ihn an. Mark starrte zurück. Die Augen des Mannes verengten sich und er schrie einen Befehl in einer Sprache, die Mark noch nie gehört hatte. Einer der Krieger legte Mark die Schlinge wieder um den Hals, fasste das Seil am anderen Ende und bestieg sein Reittier.

Der Anführer gab Befehl zum Aufbruch, die Männer ritten los und zogen Mark und die verbliebenen Pfeilmenschen hinter sich her.

Kapitel 21

Zeit zur Fütterung. Wie gewöhnlich warfen die Tsook ein übrig gebliebenes Stück Rehfleisch auf den Boden und warteten kaum ab, bis es aufgegessen war, schon gaben sie wieder Befehl zum Aufbruch.

So ging es seit dem schrecklichen Tag ihrer Gefangenschaft. Aneinander gefesselt schleppten sich die Gefangenen den ganzen Vormittag lang hinter den Reitern her. Erst nachmittags wurde kurz Halt für die Fütterung und zum Trinken gemacht.

Die Zahl der Gefangenen war von fünfundzwanzig auf zwölf geschrumpft. Die Tsook duldeten keine Schwäche. Wer von den Gefangenen krank wurde oder zurückblieb, wurde sofort getötet.

Leeta kaute auf einem Stück rohen Fleisches. Sie sah Marks Blick und hielt ihm das Fleisch hin. »Maak, essen.«

Mark schüttelte den Kopf. Die Verständigung mit Leeta klappte immer besser. Sie sprachen eine komische Kombination aus ihrer schnalzenden Sprache und seinem Englisch. Er hatte gelernt, dass »Mawof«, der Ausdruck, den sie bei ihrer ersten Begegnung so angstvoll gerufen hatte, eine mythische Tiergestalt war, mit der den Kindern oft Angst eingejagt wurde, damit sie gehorchten. Seinen neuen Namen, »Kakon«, konnte sie nicht so leicht erklären. Er verstand nur, dass »Kon« für einen wichtigen Krieger stand und »Ka« der Zweite oder der Jüngere bedeutete.

Wenn er sie nach dem blauen Licht fragte, gab sie vor, nichts zu wissen. Doch jedes Mal, wenn er darauf zu sprechen kam, bemerkte Mark ihre Unruhe und sie bemühte sich das Thema zu wechseln.

Von den Tsook schnappte er auch ein paar Sprachfetzen auf. Ihre Sprache war leichter zu lernen als die von Leeta, weil sie eindeutige Vokale enthielt. Er verstand, wenn Dagon, der Anführer, Befehl zum Halten, zum Aufbrechen, zum Essen oder zum Versorgen der Reittiere gab.

Ihm wurde übel, als er Leeta und den anderen zusah, wie sie das rohe Fleisch hinunterwürgten. Nicht, dass er es verschmähte. Er aß es selbst oft, wenn er am Wegrand keine Insekten oder essbaren Pflanzen finden konnte. Manchmal aß er wenigstens ein kleines Stück um nicht zu verhungern. Aber die entwürdigende Behandlung konnte er kaum ertragen, außerdem hatte er Übung darin, ohne Nahrung auszukommen. Als seine Rippe gebrochen war, hatte er sich daran gewöhnt, nur dann zu essen, wenn es absolut notwendig war. Wenn die Tsook ihnen das Fleisch vorwarfen, fiel es ihm deshalb nicht schwer, den anderen den Vortritt zu lassen.

Dagon, der Anführer, ließ Mark nicht aus den Augen. Zur Fütterungszeit stand er immer in der Nähe und starrte Mark unverblümt an, als sei er eine Kuriosität auf dem Jahrmarkt. Mark fühlte sich dabei unbehaglich, obgleich ihm klar war, dass er sich von den Pfeilmenschen unterschied. Er war hellhäutiger und selbst größer als die Tsook. Auch seine Kleidung war fremdartig. Die Jeans waren ihm zu klein geworden und er hatte jetzt einfach Stoffreste um sich gewickelt.

Einmal deutete Dagon auf den Wanderstiefel an Marks Gürtel und sagte: »Mer-kon.«

»Nicht Mer-kon«, erwiderte Mark schlicht. »Ich heiße Ka-kon.«

Dagons Stellvertreter, ein finsterer Geselle namens Sarbo, zog wütend sein Schwert und wollte es Mark in die Brust stoßen, weil er gewagt hatte, das Wort an den Anführer zu richten. Doch Dagon hielt ihn zurück.

Das war über eine Woche her. Jetzt lagerten sie am Fuße jenes Gebirges, welches Mark unbedingt einmal hatte erforschen wollen. Er wünschte nur, er wäre unter anderen Umständen hierher gekommen.

Dagon beobachtete ihn wieder. Mark beachtete ihn nicht und wandte sich an Leeta. »Wann werden wir endlich in das Land der Tsook kommen?«

Leeta schaute auf, streckte drei Finger hoch und sagte: »Dahinüber. Tkas.«

»Drei Tage?« Mark kaute auf seiner Lippe. »Und dann?«

»Nah kirst ma.« Sie hob das Gelenk mit der Fessel hoch. »Tsook Krieg – wollen Sklaven.«

»Mir scheint, deine Leute waren auch nicht gerade Kriegsgegner.«

Leeta zuckte die Achseln und biss vom Fleisch. »Wir viel Leute.«

Dagon gab Befehl zum Aufbruch. Die Pfeilmenschen erhoben sich eilig und stellten sich in einer Reihe auf. Die Tsook hatten das Seil von Marks Hals entfernt. Entweder dachten sie, Flucht sei für ihn unmöglich, solange er an die anderen gekettet war, oder sie wussten, dass er ihren Reittieren niemals würde entkommen können.

Mehr als einmal hatte Mark an Flucht gedacht. Die Tsook hatten es nicht für nötig befunden, seinen Stiefel zu kontrollieren. Er besaß deshalb immer noch sein Messer, mit dem er leicht die Fesseln hätte durchtrennen können. Doch bis jetzt hatte sich keine günstige Gelegenheit ergeben. Bei Tag standen sie immer unter Beobachtung und nachts wurden Wachen aufgestellt.

Je weiter sie ins Gebirge hinaufkamen, desto steiniger wurde die Landschaft und desto dünner wurde die Luft zum Atmen. Die Pfeilmenschen waren an die feuchte Wärme der Ebene gewöhnt und konnten kaum mit den Tieren mithalten.

Leeta schrie auf und Mark spürte, wie sich das Seil plötzlich straffte. Er sah nach hinten. Leeta war über einen spitzen Stein gestolpert und hatte sich die Fußsohle aufgeschnitten.

Sofort schlossen die Reiter auf. Leeta biss sich auf die Lippe, schaute fest nach vorn und ging weiter.

Mark sah Blut an ihrem Fuß. »Ist es schlimm?«, flüsterte er.

»Schlimm, ja.«

Mark verlangsamte seinen Schritt, sosehr es ging. Bald fing Leeta an zu hinken und der Zug bewegte sich kaum noch vorwärts.

Sarbo stieg vom Pferd und zog das Schwert. Mark wusste, was jetzt passieren würde. Der Tsook würde sie töten, ihren Körper wegwerfen und ohne Skrupel weitergehen.

Der gelbhäutige Mann näherte sich der Spitze des Zuges. Er durchtrennte die Fesseln, die Leeta mit Mark und der Person hinter ihr verbanden.

Leeta schloss die Augen.

»Halt!«, schrie Mark in der Sprache der Tsook. Er trat dazwischen.

Der Henker sah ihn mit blitzenden Augen an. Mit seiner freien Hand schob er Mark zur Seite und erhob sein Schwert.

Mark sammelte all seine Kräfte und griff an. Er rammte den Krieger mit seiner Schulter, so dass dieser das Gleichgewicht verlor.

Sarbo stolperte, drehte sich zu Mark um und holte weit mit seinem mächtigen Schwert aus. Mark ließ sich zu Boden fallen und der tödliche Streich verfehlte ihn nur um Millimeter. Er rollte zur Seite, sprang auf und wartete Sarbos nächsten Schritt ab.

»Ho yat Sarbo«, befahl Dagon dem Krieger.

Sarbo zögerte, sein Schwert immer noch erhoben. Er warf Mark einen vernichtenden Blick zu, spuckte vor ihm aus und stolzierte zu seinem Reittier zurück.

Mark sah Dagon an, dessen Augen wie kalte, schwarze Steine waren. Er konnte keine Regung in ihnen entdecken. Warum dieser Mann ihm erneut das Leben gerettet hatte, war ihm ein Rätsel.

Dagon befahl Mark in die Reihe zurück.

Mark eilte zu Leeta und untersuchte ihren Fuß. Der Schnitt war tief und hatte das dünne, durchsichtige Gewebe zwischen zwei ihrer Zehen durchtrennt. Ohne auf die Männer zu achten nahm er ein Stück des zusammengerollten Stoffes aus seinem Stiefel, wickelte es vorsichtig um die Wunde und zog einen seiner fadenscheinigen Socken darüber. Dann wies er sie an auf seinen Rücken zu steigen. Er rückte sie zurecht und nahm wieder seinen Platz in der Reihe ein.

Sie gingen weiter.

Kapitel 22

In dieser Nacht schlugen sie ihr Lager auf einer kleinen Lichtung eines spärlich bewaldeten Bergrückens auf. Lebensmittel und Wasser wurden knapp, die Gefangenen mussten deshalb mit nichts auskommen.

Die Männer waren unruhig und schnell erzürnbar. Sarbo suchte erfolglos Streit mit einigen seiner Kameraden. Mark sah sich vor, um dem kräftigen Mann nicht zu nahe zu kommen. Mittlerweile verstand er einiges von ihrer Sprache und wusste, dass die Reise bald zu Ende war, höchstens noch zwei Tage dauerte. Was das bedeutete, darüber wollte er lieber nicht nachdenken, während er Leetas Fuß frisch verband.

»So. Das müsste gehen.« Mark hatte die Einlage aus seinem Schuh gerissen und sie als Schiene unter ihren Fuß gebunden. »Ist das besser so?«

Sie antwortete nicht.

Er sah auf. Ihr Blick bereitete ihm Unbehagen. Sie sah ihn so merkwürdig an, als wüsste sie etwas, was er nicht wusste.

Verwirrt kratzte er sich im Nacken. »Ich … denke, dass wir morgen bei den Tsook ankommen.«

Leeta nickte. Sie streichelte sanft die kaputte Uhr, die er ihr geschenkt hatte, und lächelte.

»Äh, also, es ist spät – ksee tu. Wir sollten jetzt wirklich schlafen.«

Dass Leeta sich so merkwürdig benahm, konnte er jetzt gar nicht gebrauchen.

Die Tsook hatten ihn nicht angebunden. Er drehte sich um. Noch nie hatte sich ihm eine günstigere Gelegenheit zur Flucht geboten. Die Männer waren erschöpft und reizbar. Und da sie fast zu Hause waren, würden sie sich wahrscheinlich nicht mehr die Mühe machen ihn einzufangen.

Als Einzelner war er viel schneller als sie. Nur einen knappen Tag würde er brauchen um vom Gebirge herabzusteigen. Und dann konnte er quer über die Ebene in Richtung Urwald.

Der Urwald. Willie hatte ihn womöglich schon aufgegeben und war wieder zu den anderen Affenbären zurückgekehrt. Und dann natürlich das Licht. Irgendwo musste es sein. Er wollte sich bald wieder auf die Suche machen.

Auch wenn er es nicht genau abschätzen konnte, vermutete er, dass er seit über einem Jahr in dieser Welt lebte. Vielleicht fast zwei Jahre. Das heißt, er war jetzt fast fünfzehn. Seine Eltern hatten sich wahrscheinlich mit seinem Verschwinden abgefunden und lebten ihr Leben weiter. Er drehte sich um und öffnete die Augen. Leeta saß immer noch still neben ihm und streichelte die Uhr. Er runzelte die Stirn. Was würden die Tsook ihr antun, wenn er sie verließ?

»Du gehen?«, fragte sie.

Woher wusste sie das? Konnte sie seine Gedanken lesen? Unbehaglich wälzte sich Mark auf seinem Lager.

Dann schloss er wieder die Augen und sagte: »Schlaf jetzt, Leeta.«

Kapitel 23

Mark setzte Leeta ab und ließ sie eine Weile allein gehen. Sie befanden sich auf einem gut ausgebauten Weg inmitten eines wunderschönen, roten Tals. Das purpurne Gras stand kniehoch und zu beiden Seiten des Weges wuchsen Obstbäume und erstreckten sich Felder leuchtend orangefarbener Blumen.

Der Geruch von Dung und gebratenem Fleisch waberte ihnen entgegen. Hinter einem Felsen am Berghang ertönte der lange, klare Stoß eines Jagdhorns. Weiter unten im Tal antwortete ein anderes Horn.

Eine Staubwolke wirbelte auf sie zu. Vor ihnen hielt ein goldglänzendes Reittier mit wunderbar gestriegeltem Fell. Geritten wurde es von einem Mädchen mit langen, schwarzen Zöpfen, das wie ein Krieger in Wildleder gekleidet war. Ihre weichen Lederstiefel waren wunderschön bemalt.

Dagon sprang vom Pferd und rannte auf sie zu. Er umarmte sie und wirbelte sie im Kreis herum. Als er sie niedergelassen hatte, ließ sie ihren Blick über die Gefangenen streifen. Sie entdeckte Mark und starrte ihn ebenso unverhohlen an, wie es zuvor ihr Vater getan hatte.

»Megaan ... Ka-kon«, sagte Dagon leise.

Das Mädchen reckte keck das Kinn und wandte sich lächelnd seinem Vater zu. Sie sagte etwas, was Mark nicht verstand, stieg wieder auf ihr Pferd und ritt Seite an Seite mit Dagon an der Spitze des Zuges ins Dorf ein.

Schon am Rand des Dorfes fiel Mark auf, dass die Tsook im Hausbau viel weiter entwickelt waren als die Pfeilmenschen. Dies hier war nicht einfach ein kleines Dorf, es war ein umtriebiges Städtchen. Die Häuser waren aus behauenen Baumstämmen gebaut und mit Lehm verfugt. An den Ecken befanden sich hohe Türme, von wo aus herannahende Feinde leicht gesichtet werden konnten.

Der Dunggeruch kam aus den großen Verschlägen, die sich etwa hundert Meter vor den Häusern befanden und die einer kleinen Herde zahmer Büffeltiere Platz boten.

Als die Krieger sich näherten, brach Jubel im Dorf aus. Stolz standen die Tsook vor ihren Häusern, klatschten und schrien den Vorbeiziehenden zu.

Die Gefangenen wurden durch ein Labyrinth von Feuerstellen, Töpfen und Hütten bis zum äußersten Ende der Siedlung gebracht. Die Seile, mit denen sie aneinander gebunden waren, wurden entfernt und dann stießen die Krieger sie in eine tiefe Grube hinab. Mark blickte hinunter. Es waren mindestens zweieinhalb Meter. Einer der Krieger schob ihn nach vorn, doch Mark schüttelte ihn ab und schaute über den Rand. Auf der anderen Seite stand Dagon und beobachtete ihn. Mark biss die Zähne zusammen, machte einen Schritt nach vorn und landete unten bei den anderen.

Ängstlich drängten sich die Pfeilmenschen in der Mitte zusammen. Oben versammelten sich die Dorfbewohner und zeigten mit den Fingern auf die Gefangenen.

Mark verzog sich in eine Ecke und setzte sich. Er war müde und sein Rücken tat ihm weh, weil er Leeta getragen hatte. Gähnend legte er die Hände hinter den Kopf und lehnte sich gegen die schmutzige Wand. Er hatte das Richtige getan. Leeta hätte es ohne ihn niemals geschafft. Aber dadurch wurde ihre jetzige Lage auch nicht besser.

Leeta kniete sich neben ihn. »Maak dank.«

»Du musst dich nicht bedanken. Das war doch selbstverständlich.«

Über ihnen schien eine Art Handel stattzufinden. Stimmen erhoben sich und stritten. Mark vermutete, dass die Tsook dabei waren, die Sklaven untereinander zu verteilen. Das ließ ihn gleichgültig. Sobald er sich ausgeruht hatte, wollte er verschwinden. Und er wollte dafür sorgen, dass sie ihn nicht wieder einfangen würden. Er wollte zügig vorwärts kommen und sich durch das Buschland schlagen, wohin ihm die berittenen Tsook nicht folgen konnten.

Stundenlang zog sich der Handel hin. Nachmittags endlich war man sich einig und die neuen Besitzer holten ihr Eigentum ab.

Die Gefangenen wurden einer nach dem andern aus der Grube gezogen und ihren Tsookherren übergeben. Als Leeta an die Reihe kam, klammerte sie sich an Marks Arm und musste von ihm weggerissen werden. Die alte Frau, die sie erworben hatte, stieß sie mit einem spitzen Stock vor sich her.

Mark blieb als Einziger unten. Die meisten Dorfbewohner waren fort und die Krieger teilten den Erlös unter sich auf.

Ihn wollte anscheinend keiner haben. Umso besser. Denn schon am nächsten Morgen würden sie merken, was für ein schlechtes Geschäft sie mit ihm gemacht hätten.

»Ka-kon«, rief eine scharfe Stimme.

Er blinzelte nach oben. Das Mädchen mit den langen, schwarzen Zöpfen stand mit verschränkten Armen über ihm. Sie bellte einen Befehl, worauf ein Seil heruntergelassen wurde und sich über seine Schultern legte. Sarbo zerrte Mark auf die Füße und ein paar andere Krieger schleiften ihn bäuchlings nach oben. Dort presste ihn einer zu Boden und ein anderer schnürte ihm schnell die Hände auf dem Rücken zusammen.

Sarbo bestieg sein Pferd und ließ Mark kaum Zeit sich hochzurappeln, schon schleppte er ihn hinter sich her durch das Dorf bis zu einem kleinen Anbau hinter einem der größeren Holzhäuser.

Nachdem er Mark hineingeschubst hatte, verriegelte er die Tür. Es roch grauenvoll, wie in einer Jauchegrube. Wäre unten an der hinteren Wand nicht eine kleine, runde Öffnung gewesen, wäre es in dem winzigen Raum stockdunkel gewesen. Mark kroch über den glitschigen Boden und sah hinaus.

Fette, behaarte Tiere, die aussahen wie Schweine, wühlten mit ihren spitzen Schnauzen den Boden des Pferchs auf, der an sein Gefängnis anschloss. Kein Wunder, dass es so stank. Er war in einem Schweinestall gelandet.

Mark ging zur Tür. Sie ließ sich nicht bewegen. Er schlug gegen die Wände. Sie hielten stand, waren ebenso solide gezimmert wie die Häuser. Blieb nur noch das Schlupfloch für die Schweine. Er ging in die Hocke. Die Öffnung war so klein, dass er wahrscheinlich nicht einmal den Kopf hindurchbekam, geschweige denn den ganzen Körper.

Der Boden. Er war aus Erde. Er würde sich einen Weg

hinaus graben. Doch erst musste er seine Hände befreien. Er tastete tief im Stiefel nach dem Messer und fing an unbeholfen an dem Seil zu schaben. Nach einigen Minuten fiel es von seinen Handgelenken.

Dann begann Mark am Boden der Öffnung zu graben. Sein Messer, die Spitze seines Stiefels, seine Finger, alles nahm er zu Hilfe. Schließlich war das Loch so groß, dass seine Schultern hindurchpassten. Er zwängte sich hinaus in den Pferch.

Eigentlich hatte er erst nach Einbruch der Dunkelheit fliehen wollen, aber er durfte nicht riskieren, dass das Loch entdeckt wurde. Geduckt lief Mark zwischen den Schweinen hindurch am Bretterzaun entlang und spähte hinüber. Niemand war zu sehen.

Jetzt oder nie. Er atmete tief durch und sprang über den Zaun. Vorsichtig schlich er von einem Haus zum nächsten, bis er den Rand der Siedlung erreichte.

In einem Garten versteckte er sich hinter einer großen, rotblättrigen Pflanze und sah sich um. Die Straße, von der sie gekommen waren, lag zu seiner Rechten. Ausgeschlossen, da entlang zu gehen. Er würde im offenen Gelände zu leicht entdeckt werden. Dort drüben waren die Berge. Sie waren felsig und steil, würden ihm aber besseren Schutz bieten können.

Mark kroch an den Gemüsebeeten entlang. Nur noch ein Haus, dann konnte er über die Hügel zwischen Gestrüpp und Felsen entkommen.

Er huschte zur Rückseite des Gebäudes und lehnte sich zum Verschnaufen an die Wand. Das kostete ihn fast das Leben.

Ein kleines, struppiges Tier – es erinnerte ihn an einen Hund – gab ein krächzendes Geräusch von sich. Mark wusste, dass keine Zeit mehr zu verlieren war. Er rannte auf die Hügelkette zu seiner Rechten zu. Hinter ihm ertönte Geschrei und das Getrappel von Füßen.

Etwas zischte an seinem Ohr vorbei. Ein Pfeil bohrte sich vor ihm in die Erde. Er tauchte nach links ab und rannte im Zickzack auf den Hügel zu. Gleich hatte er es geschafft. Wenn er die Büsche erreichte, würden sie ihn niemals einfangen.

Mark spürte einen Stoß in seinem Rücken. Etwas bohrte sich durch sein Fleisch wie glühendes Eisen. Er stürzte. Zweimal versuchte er vergeblich aufzustehen. Er krallte sich in die Erde, zog sich mühsam auf die Knie und schleppte sich hinter einen nahen Felsen.

Die Stimmen kamen näher. Mark rang nach Luft. Etwas legte sich auf seine Lungen, sein Bewusstsein versank in einem Tunnel, in einer Röhre, durch die er verzweifelt versuchte hindurchzublicken. Mit letzter Kraft tastete er nach einer Waffe. Seine Finger schlossen sich um einen großen Stein. Er versuchte ihn aufzuheben, aber er war zu schwach und der Stein glitt ihm aus den Händen.

Dann waren sie über ihm.

Kapitel 24

Das schwere Eisenband schnitt beim Gehen tief ins Fußgelenk. Eine an das Band geschmiedete Kette mit einem Eisenklotz erlaubte Mark sich nur langsam und schwerfällig vorwärts zu bewegen.

Er vermutete, dass es etwa drei Monate gedauert hatte, bis die Pfeilwunde verheilt war. Und kaum konnte er wieder sitzen, hatte Dagon den Dorfschmied beauftragt ihm die Fußfessel anzuschmieden.

Dagons Tochter Megaan hatte sich persönlich um ihn gekümmert. Mit ihrer Großmutter zusammen hatte sie den Pfeil entfernt und die tiefe Wunde behandelt. Während der Genesungszeit hatte sie ihm die Sprache der Tsook beigebracht, die er inzwischen fast wie ein Einheimischer beherrschte.

Er hatte eine alte Wildlederhose bekommen und durfte in einer Ecke des Hauses auf dem Boden schlafen. Dagon hatte angeordnet ihm reichlich zu essen zu geben. Er wollte ihn wieder bei vollen Kräften haben um ihn für schwere Arbeiten einsetzen zu können.

Mark hatte Leeta seit dem Ankunftstag nicht mehr gesehen. Sein Stolz verbot ihm, Megaan nach ihr zu fragen. Doch er hoffte, sie würde gut behandelt werden.

»Ka-kon. Pass doch auf. Du sollst mir helfen.« Megaan winkte ihm barsch und zeigte auf die Büffelhaut, die sie zum Färben in eine übel riechende Flüssigkeit tauchte.

»Wenn du nicht endlich mit deiner Träumerei aufhörst, muss ich meinem Vater berichten, wie nutzlos du bist.«

»Ich wäre bestimmt viel nützlicher, wenn diese Kette nicht wäre und ich nicht immer Frauenarbeiten machen müsste.«

Megaan zog die Augenbrauen hoch. »Du würdest sicher weglaufen.«

»Vielleicht.« Mark half, die schwere, nasse Haut herauszuziehen. »Ich habe dir doch erzählt, dass ich in den Urwald zurückmuss, um das blaue Licht zu finden.«

»Ich weiß nicht, was ich dir glauben soll. Vielleicht hast du diese verrückte Geschichte nur erfunden, um uns zu überlisten.«

»Und wie erklärst du dir dann, dass ich so anders aussehe? Hast du in deiner Welt jemals jemanden wie mich gesehen?«

»Transall. Ich habe dir doch beigebracht, das Tsookwort für diese Welt ist Transall.«

»Du hast meine Frage nicht beantwortet.«

»Ich glaube, mit der sind wir fertig. Hilf mir beim Aufhängen. Morgen werden wir daran weiterarbeiten.«

Es war immer dasselbe. Wie üblich wich Megaan dem Gespräch über das blaue Licht und über seine mögliche Rückkehr aus.

Sie strich sich die Haare aus den Augen. »Jetzt gehen wir zu Tantas Lagerhaus. Wir haben kaum noch Bohnenmehl.«

Mark sah sie erstaunt an. »Wie bitte? Ich soll mitkommen? Ich dachte, dein Vater hätte gesagt –«

»Mein Vater hat gesagt, dass ich für dich verantwortlich bin, während er fort ist. Und ich brauche dich zum Säckeschleppen. Hol den Karren.«

Megaans Großmutter erschien an der Tür. »Nimm den Wilden lieber nicht zu den wahren Menschen mit. Der macht dir doch nur Scherereien.«

Die Alte nannte ihn immer den Wilden. Oft hörte Mark, wie sie darüber sprach, dass die Tsook das wahre Volk seien. Sie seien vom Schöpfer des Lebens dazu ausersehen, über Transall zu herrschen. Alle anderen seien dazu da, den Tsook zu dienen und ihnen nach Gutdünken zur Verfügung zu stehen.

»Was kann er schon anstellen?«, fragte Megaan. »Außerdem brauchen wir Bohnenmehl und Barow ist noch zu klein, um mir beim Tragen zu helfen.« Neben der Tür stand ein kleiner Junge mit schwarzem, lockigem Haar. Er reckte das Kinn und prahlte: »Ich bin ein tapferer Krieger wie mein Vater, der große Dagon.«

Megaan lächelte ungeduldig. »Eines Tages, mein kleiner Barow. Eines Tages.«

»Nimm doch einen der Feldarbeiter mit«, sagte die Alte streng. »Sie sind besser zu Fuß als dieser hier. Ich verstehe nicht, was dein Vater an diesem riesigen Wilden findet. Warum um alles in Transall lässt er ihn im Haus wohnen und füttert ihn wie ein Schoßtierchen? Er sollte lieber mit den anderen draußen auf dem Feld schlafen.«

»Ich weiß schon, was ich tue.« Megaan beobachtete, wie Mark den kleinen, zweirädrigen Karren vor sich herschob. »Wenn er nicht spurt, wird er ausgepeitscht. Das weiß er ganz genau.«

Mark brachte den Karren vor das Haus und wartete auf weitere Anweisungen. Er war erheblich größer als Megaan und sie wussten beide, dass nur die Eisenfessel an seinem Fuß ihn im Dorf hielt. Er tat, was ihm befohlen wurde. Aus irgendeinem Grund behandelte Dagon ihn besser als die anderen Sklaven und das wollte er nicht aufs Spiel setzen, solange er keinen Fluchtweg gefunden hatte.

Er folgte Megaan den schmalen Pfad entlang, der vom Haus zur Hauptstraße des großen Dorfes führte. Bis jetzt hatte er noch nie Dagons Grundstück verlassen dürfen. Er musste das Vieh füttern, im Garten arbeiten, Holz hacken und den Feldarbeitern und Hirten Wasser bringen. Das Dorf war bisher tabu für ihn gewesen.

Mark konnte mit Megaan kaum Schritt halten. Er musste den unhandlichen Holzkarren schieben und gleichzeitig das schwere Eisen an der kurzen Kette hinter sich herschleifen.

Sie kamen an einigen Frauen vorbei, die nähend vor ihren Häusern saßen. Megaan winkte ihnen zu und rief ihre Namen. Mark spürte, wie sie ihn anstarrten, als hätte er zwei Köpfe.

Er war eine seltene Erscheinung unter diesen Leuten. Er war nicht nur ungewöhnlich groß und hatte missgestaltete Augen und Füße, er war auch der erste Sklave, der einen Fluchtversuch unternommen hatte und trotzdem am Leben gelassen wurde. So etwas war noch nie zuvor geschehen.

Zurzeit waren fast nur Frauen und Kinder im Dorf. Dagon befand sich mit den meisten Männern auf Kriegszug. Nur diejenigen, die für den reibungslosen Ablauf des Dorflebens unverzichtbar erschienen, waren dageblieben. Der Schmied, die Sklavenaufseher mit ihren tödlichen Armbrüsten und ein paar ältere Männer, die tatenlos herumsaßen und auf übel riechenden, tabakähnlichen Blättern kauten.

Mark hatte gelauscht, als Dagon mit Sarbo und einigen anderen Männern den Überfall besprach. Auf der anderen

Seite der Berge, im Osten, lebte der Stamm der Rawhaz, Kannibalen, die eine Gruppe von Tsook aus einem anderen Dorf niedergemetzelt hatten. Dagon und seine Krieger wollten gemeinsam mit den Kriegern des überfallenen Dorfes die Menschenfresser aufspüren und vernichten.

Auf so eine Gelegenheit hatte Mark gewartet, um einen erneuten Fluchtversuch zu wagen. Ohne die Krieger war niemand zu seiner Verfolgung da. Er musste nur noch einen Weg finden sich der Kette und des Gewichts zu entledigen.

Er hörte den hellen Klang von aneinander schlagendem Metall und blieb stehen. Er starrte in die glühende Esse der Schmiede. Feuer. Wenn er das richtige Werkzeug hätte und die Kette heiß genug bekommen würde ...

»Kakon. Wie oft muss ich dir sagen, dass du aufpassen sollst?«

»Was? Was hast du gesagt?« Mark schob den Karren zu Megaan hin.

»Ich sagte ... ach, was soll's. Aus dir wird nie ein rechter Arbeiter. Ich weiß wirklich nicht, wie mein Vater sich einbilden konnte, dass du und Merkon ...« Megaan riss erschrocken die Augen auf und schlug die Hand vor den Mund. »Vergiss es. Ich wollte sagen, dass du endlich aufhören sollst zu trödeln.«

Zum zweiten Mal hörte Mark diesen Namen. Welches Geheimnis verbarg sich dahinter? Mark versuchte schneller zu gehen.

»Wer ist dieser Merkon überhaupt?«

»Hier ist das Lagerhaus. Du wartest hier draußen, während ich mit Tanta verhandle.« Ohne sich noch einmal umzudrehen ging Megaan in das große Gebäude hinein.

Mark setzte sich auf den Boden. Er war wütend auf

Megaan. Sie war so überheblich und antwortete nie auf seine Fragen. Irgendwann würde er ...

»Maak.« Mark hörte eine vertraute Stimme, die von der anderen Straßenseite kam. Es war Leeta. Mit zwei schweren Körben bepackt ging sie hinter einer alten Frau her.

»Leeta.« Mark sprang auf. »Wie geht es dir? Wirst du auch gut behandelt? Ksee tyaak tu?«

Die Alte sah zu ihm herüber. »Sprechen verboten, Sklave.« Sie stieß Leeta mit einem Stock und dann gingen sie weiter. Leeta drehte sich noch einmal um, sagte aber kein Wort.

Mark beobachtete, in welches Haus sie gingen. Es war das große, strohgedeckte Haus am Ende der Straße.

»Kakon. Wo hast du nur deine Augen? Schau nicht diesem dummen Sklavenmädchen nach. Nimm lieber die Säcke hier.«

Megaan stand stirnrunzelnd unter der Tür des Lagerhauses. »Großmutter hatte Recht damit, dass du mir nur Scherereien machst.«

Langsam drehte Mark sich zu ihr um. Sein Gesicht verfinsterte sich und unbedacht sagte er: »Leeta ist nicht dumm. Sprich nicht schlecht über sie.«

Zornesröte überzog Megaans Wangen. »Du sollst die Säcke holen. Wie oft muss ich dir das sagen.«

Kapitel 25

»Eine Windmühle? Was ist das?«, fragte Barow und öffnete die Tür, damit Mark die schweren wassergefüllten Holzkübel hineintragen konnte.

»Eine vom Wind angetriebene Maschine, die Wasser hochpumpen kann.«

»Was setzt du ihm wieder für einen Unsinn in den Kopf?« Megaan hockte am Feuer und rührte in einem großen Topf.

»Das ist kein Unsinn«, erwiderte Mark und stellte die Kübel auf dem Tisch ab. »Wo ich herkomme, trägt niemand Wasser. Es wird direkt in die Häuser gepumpt und wer Wasser will, dreht einfach an einem Griff und schon fließt es heraus.«

Megaan lachte. »Und natürlich kannst du auch noch wählen, ob du kochend heißes oder eiskaltes Wasser haben möchtest.«

»Ganz genau.«

»Was denkst du dir noch alles aus? Heute Morgen hast du ihm erzählt, dass deine Leute in eisernen Vögeln über den Wolken fliegen können.« Megaan reichte Mark eine Schale mit Eintopf. »Du kommst wohl aus einem Zauberland.«

»Mach dich nicht über ihn lustig, Megaan.« Barow deutete auf Marks Klauenkette. »Er ist ein tapferer Krieger und weiß sehr viel. Denk nur daran, was er in den

Sand gemalt hat. Hast du jemals so fantastische Dinge gesehen, hohe Häuser, Karren auf vier Rädern, die von selbst fahren, und diese Schachtel mit wechselnden Bildern? Kakon würde so etwas nie behaupten, wenn es nicht wahr wäre.«

Mark wuschelte dem Jungen durchs Haar. »Ich bin froh, dass wenigstens einer mir glaubt.«

»Hmm. Megaan, warum darf Barow immer hinter diesem Wilden herlaufen? Das gibt nur Ärger.«

Megaan drehte sich um. »Kakon ist harmlos, Großmutter.«

»Harmlos? Ich habe gesehen, wie er die alte Armbrust deines Vaters über der Feuerstelle angesehen hat. Eines Nachts wird er uns alle im Schlaf töten.«

»Apropos Schlaf.« Megaan gähnte und wischte sich die Hände ab. »Zeit zum Schlafengehen. Morgen wird die Ernte eingebracht. Das gibt viel zu tun. Komm, Barow.«

Barow beugte sich zu Mark hinüber. »Wenn ich einmal Häuptling bin, werde ich sie herumkommandieren.« Er stand auf und folgte Schwester und Großmutter in den Schlafraum.

Mark aß den restlichen Eintopf auf, dann setzte er sich auf sein Lager und wartete. Es war fast zu einfach. Megaan und ihre Familie waren daran gewöhnt, dass er nachts noch umherging. Wegen der eisernen Fußfessel rechnete keiner von ihnen damit, dass er fliehen könnte.

Er wartete mehrere Stunden, dann kroch er zur Feuerstelle und holte Dagons alte Armbrust und den Köcher mit Pfeilen von der Wand.

Er bückte sich, hob den Eisenklotz auf und schlüpfte leise zur Tür hinaus. In der Ferne heulte ein Hund und erinnerte ihn daran, wie es ihm bei seinem letzten Fluchtversuch ergangen war.

Beim Holzstoß nahm er die kurze Axt an sich, dann eilte er zur Rückseite des Hauses, ging durch den Garten und machte sich auf den Weg über die Felder. Dagons Sklavenaufseher hatten die Feldarbeiter für den großen Ernteeinsatz in den unteren Teil des Tales geführt. Niemand war da, der die Verfolgung hätte aufnehmen können.

Langsam und stetig wanderte Mark den ersten Hügel hinauf. Dort blieb er stehen und sah zurück. Es bekümmerte ihn, Leeta zurücklassen zu müssen. Doch er wusste, wenn er zurückginge, um sie zu holen, würden sie beide gefangen werden und dann konnte er nicht mehr auf Dagons Großzügigkeit zählen. Ihm blieb nichts anderes übrig, er musste allein weiter.

Nach dem ersten Hügel beschleunigte er seine Schritte und stolperte zwischen Bäumen und Buschwerk hindurch, so schnell es ihm die Dunkelheit erlaubte. Bei Tagesanbruch wollte er so weit weg sein, dass ihn keiner mehr aufspüren konnte.

Kapitel 26

Es war früh am Morgen. Die Sonne war noch nicht aufgegangen. Mühsam stolperte Mark vorwärts. Nur einmal hatte er nachts eine Pause eingelegt. In einer versteckten Senke hatte er ein kleines Feuer entfacht und die Eisenkette erhitzt. Als sie glühend heiß geworden war, hatte er mit der Axt darauf eingeschlagen, bis sie entzweigebrochen war.

Danach war er weitergeeilt. Er traute sich nicht anzuhalten, denn falls seine Flucht entdeckt worden war, wäre bestimmt schon ein Suchtrupp hinter ihm her.

Wie geplant bewegte er sich in möglichst unzugänglichem Gelände. Die Reiter würden es kaum durch das felsige Buschland schaffen. Trotzdem war er vorsichtig. Die Tsook kannten die Gegend besser als er. Sie wussten vielleicht einen Umweg und würden ihn von vorn abfangen.

Mark wanderte durch eine schattige Schlucht und hielt nach einem Versteck Ausschau, wo er eine Weile ausruhen wollte. Ein Geräusch vor ihm ließ ihn anhalten.

Jemand oder etwas kam ihm entgegen.

Er kroch den Abhang hinauf und versteckte sich hinter einigen Bäumen. Sein Herz pochte bis zum Hals. Die Tsook konnten ihn unmöglich schon eingeholt haben.

Nach wenigen Augenblicken tauchten einige Gestalten aus dem Halbdunkel der Schlucht auf, kleinwüchsige

Männer mit blau und schwarz bemalten Gesichtern und Oberkörpern. Ihre Schädel waren bis auf ein Büschel langer Haare am Hinterkopf rasiert. Ihre einzige Kleidung bestand aus einem Lendenschurz, der von einem Ledergürtel gehalten war.

Sie hatten Blasrohre und Speere dabei. Manche hatten auch Schwerter, Äxte und Pfeil und Bogen wie die Tsook. Mark zählte siebenunddreißig der kleinen Männer, als sie an ihm vorbeizogen.

Es war kein Kunststück herauszufinden, wen er da vor sich hatte. Die Männer trugen Ketten mit Schrumpfköpfen und Knochen. Skalps mit langem, schwarzem Haar schmückten ihre Waffen. Das mussten die Rawhaz sein, denen Dagon und seine Krieger auf der Spur waren.

Und sie gingen geradewegs in Richtung der Tsooksiedlung.

Mark war hin- und hergerissen. Ohne den Schutz der Krieger waren die Dorfbewohner in höchster Gefahr. Und Leeta war dort. Er dachte auch an Barow, der ihm überallhin folgte und an seinen Lippen hing. Und selbst die überhebliche Megaan hatte es nicht verdient, von den Rawhaz verspeist zu werden.

Er musste zurück. Sobald die Rawhaz außer Sicht waren, kam Mark aus seinem Versteck. Ihm blieb nur eine Möglichkeit vor ihnen das Dorf zu erreichen und selbst das würde knapp werden. Er musste durchs offene Gelände und dann die Straße nehmen.

Es war in jedem Fall ein gefährliches Vorhaben. Sollte er unentdeckt vor den Kannibalen das Dorf erreichen, würden die Tsook ihn womöglich töten, bevor er ihnen erklären konnte, warum er zurückgekommen war.

Seine Müdigkeit war verschwunden und einem Gefühl

von Verzweiflung und Hetze gewichen. Er rannte die Berge hinauf und hinunter und hielt nur an, um Atem zu schöpfen und eilig einen Schluck aus einem der zahllosen Bergbäche zu nehmen.

Am Nachmittag erreichte er das rote Tal und die Straße zum Dorf. Er rannte an den Büffelweiden vorbei, wo ihn die Hirten bemerkten und einmal kurz in ihre Hörner stießen.

»Rawhaz!«, keuchte Mark. Sein Mund war so ausgetrocknet, dass er kaum ein Wort herausbrachte.

Der Schmied und zwei Krieger, die im Dorf geblieben waren, verstellten ihm den Weg.

Einer der Krieger packte ihn. »Warum trägt der Sklave des Häuptlings eine Waffe und läuft frei herum? Ist seine Tochter verrückt geworden, dass sie ihm das gestattet?«

Mark schluckte. Unglaublich. Diese Männer hatten gar nicht nach ihm Ausschau gehalten. Megaan hatte sein Verschwinden offenbar noch nicht gemeldet.

Der Krieger schüttelte ihn. »Sprich, du Narr. Hast du nichts zu deiner Entschuldigung vorzubringen?«

»Doch.« Mark rang nach Luft. »Die Rawhaz ... sie sind ... im Anmarsch.«

Der Schmied trat einen Schritt zurück. »Woher weißt du das?«

»Ich habe ... sie gesehen ... schnell ... sie können nicht mehr weit sein.«

»Geh zum Haus deines Herrn, Sklave. Ich werde Alarm blasen. Aber ich warne dich. Wenn das ein Trick ist ...«

»Kein Trick. Ich habe sie gesehen ... mit meinen eigenen Augen.«

Der Krieger ließ Mark laufen und stieß ihn in Richtung von Dagons Haus. Mark stolperte die Straße hinunter.

Megaan stand auf dem Hof und bearbeitete eine Haut. Sie starrte ihn an. »Du bist also zurückgekommen. Hast du vergessen noch etwas mitzunehmen, was dir nicht gehört, oder warst du zu feige für die Flucht?«

Mark ließ sich halb gegen die Hofmauer fallen und wartete, bis er wieder klar sprechen konnte. »Ich hätte nicht zurückkommen müssen.«

»Und warum bist du dann hier?« Megaan spuckte die Worte vor ihm aus.

»Das Dorf ist in Gefahr. Ich habe eine Gruppe Rawhaz getroffen, sie sind auf dem Weg hierher.«

Der Turmwächter blies Alarm.

Megaan zögerte nur wenige Sekunden. »Hier entlang, Kakon. Wir müssen Barow und Großmutter in Sicherheit bringen. Nicht weit von hier, talabwärts in den weißen Felsen, gibt es eine Höhle.«

»Geh du vor. Ich hole euch später ein. Erst muss ich noch etwas erledigen.«

»Das Sklavenmädchen?«

Mark nickte.

Megaan berührte ihn am Arm. »Die Höhle ist gut versteckt. Halte nach einem entwurzelten Baum Ausschau.« Sie drehte sich um und rannte ins Haus.

Mark eilte durch das Dorf. Überall rennende Menschen. Manche flohen mit ihren Habseligkeiten auf Karren oder auf dem Rücken aus dem Dorf, andere bereiteten sich auf den Kampf vor.

Er klopfte an die Tür des strohgedeckten Hauses. Die alte Frau öffnete einen Spalt. »Was willst du? Ich habe keine Zeit für dich. Geh zurück zu deinem Herrn.«

Mark drückte die Tür auf, wobei er die Frau ins Innere des Hauses stieß. »Wo ist Leeta?«

»Du unverschämter Hund«, schrie die Frau. »Warte nur, dafür wirst du ausgepeitscht werden.«

Leeta kam herein. »Maak. Renn. Renn weg. Jetzt ist die Gelegenheit dafür. Beeil dich. Beeil dich.«

»Nur mit dir.« Mark nahm ihre Hand. Dann sah er die Alte an. »Du kannst mit uns kommen. Ich kenne ein Versteck.«

»Lieber würde ich sterben.«

»Das wirst du auch. Komm, Leeta, wir gehen. Wir haben nicht mehr viel Zeit.«

Auf der Straße herrschte immer noch Aufruhr. Wieder ertönte ein langer Hornstoß. Der Krieger, der Mark zuvor auf der Straße angehalten hatte, galoppierte auf ihn zu. »Kannst du reiten, Junge?«

»Ein bisschen. Warum?«

»Du hast die Wahrheit gesagt. Unsere Späher haben die Rawhaz entdeckt. Wir brauchen alle unsere Männer. Du musst Dagon suchen oder das Dorf ist verloren.«

Leeta klammerte sich an Marks Arm. »Nein, Maak. Tu es nicht. Bitte.«

Mark seufzte. »Leeta, geh das Tal entlang, bis du einen entwurzelten Baum bei den weißen Felsen siehst. Dort ist eine Höhle. Sag Megaan, dass ich dich schicke. Geh jetzt. Tu, was ich dir sage. Wenn alles vorbei ist, komme ich dich holen.«

Leeta biss sich auf die Lippen und ging.

Der Krieger glitt vom Pferd. »Hier, nimm mein Tier. Du findest Dagon irgendwo östlich von hier im Ödland. Die Rawhaz werden nicht vor Einbruch der Dunkelheit angreifen. Ich denke, wir können sie hinhalten ... für eine Weile.«

Mark zog sich erschöpft auf das Reittier. Das Pferd

scherte seitlich aus und er musste sich mit beiden Händen festhalten.

Der Krieger griff nach den Zügeln und reichte Mark ein Jagdhorn. »Blas das Horn und Dagon wird kommen. Und jetzt los.« Er schlug mit der flachen Seite seines Schwerts auf die Hinterflanke des Pferdes, es machte einen Satz und fiel sofort in rasenden Galopp.

Als Mark sich endlich so weit im Griff hatte, dass er zurückschauen konnte, war das Dorf schon nicht mehr zu sehen.

Kapitel 27

Das Tier, auf dem er saß, war größer und kräftiger als die Pferde, die Mark auf dem Hof seines Onkels geritten hatte. Bei jedem Schritt schien ein Zittern durch den Körper des muskulösen Pferdes zu laufen.

Zum ersten Mal musste er ohne Sattel reiten. Die dünne Decke, die über dem breiten Rücken des Tieres lag, gab ihm kaum Halt.

Mark überließ dem Tier die Laufrichtung. Er hoffte, es würde ihn zu einem ihm bekannten Lager von Dagon führen. Auf dieser Seite des Berges war er noch nie gewesen. Er hatte keine Ahnung, wo er nach dem Häuptling der Tsook suchen sollte.

Als Mark weit genug vom Dorf entfernt war, stieß er in sein Horn. Keine Antwort.

Die Landschaft war ganz anders als alles, was er bisher von Transall gesehen hatte. Die Gegend war öd und leblos. Bäume wuchsen nur spärlich auf dem rissigen, schmutzig grauen Sandboden.

Lange Zeit ritt er über die ausgedörrte, offene Ebene, blies immer wieder in sein Horn und lauschte auf eine Antwort. Doch die einzigen Lebewesen, denen er begegnete, waren ein paar lange, gesprenkelte Eidechsen und einige große, hässliche Vögel, die ihn an Geier oder Truthähne erinnerten.

Er merkte, dass er lange Zeit nichts mehr gegessen hatte, und erwog kurz sein Jagdglück mit Dagons alter Armbrust zu versuchen. Aber dafür war jetzt keine Zeit. Er trieb das Pferd mit den Fersen an. Die Dunkelheit brach schon herein und bald würden die Rawhaz ihren Angriff starten.

Mark fielen die Augen zu. »Wach auf«, ermahnte er sich. »Dort hinten sind Menschen, die auf dich zählen.« Er blies in das Horn, bis seine Lippen vor Anstrengung schmerzten.

Das Reittier trabte stetig voran. Mark legte seinen Kopf auf den breiten, zotteligen Hals und vergrub seine Hand in der verfransten Mähne. Das riesige Tier trabte unverdrossen weiter ohne darauf zu achten, dass sein Reiter fest eingeschlafen war.

Mark träumte von dem trügerischen blauen Licht. Es war direkt vor ihm. Doch jedes Mal, wenn er näher kam, geriet es außer Reichweite. Er jagte ihm hinterher, bekam das Licht aber nie zu fassen.

Irgendetwas hatte sich verändert. Das Tier war stehen geblieben. Mark richtete sich auf und rieb sich die Augen. Die Sonne stand am Himmel, die Berge lagen weit hinter ihm. Er hatte die ganze Nacht hindurch geschlafen. Er griff nach dem Horn und stieß hinein.

In der Ferne machte er eine Gruppe von fünf oder sechs Reitern aus, die im Galopp auf ihn zuhielt. Mark seufzte erleichtert. Dagon oder einige seiner Krieger hatten ihn endlich gehört. Vielleicht war das Dorf doch noch zu retten.

Mark zog an den Zügeln und brachte das Pferd zum Stehen. Er winkte. Das Tier wirkte unruhig und stampfte den Boden mit den Hufen.

»Was hast du?« Mark kniff die Augen zusammen und

starrte in die Ferne. Die Pferde, die auf ihn zukamen, gehörten tatsächlich den Tsook. Nicht aber die Reiter. Diese waren viel kleiner, sahen eher aus wie ... Rawhaz.

Mark schlug auf das Pferd ein und rammte ihm die Fersen in die Seite. Mit einem Satz verfiel es in schleppenden Galopp. Das Gelände bot ihm keinerlei Schutz. Er raste über das Ödland und stieß immer wieder in sein Horn.

Zweimal schaute er zurück. Sie kamen immer näher. Er musste sie abschütteln, sonst würden sie ihn bald eingeholt haben.

Rechts ragte ein nackter Felsen auf. Er riss das Pferd herum und hielt darauf zu. Vor der Erhebung war der Boden von Tierbauten durchlöchert. Mark sah sie, doch zu spät. Sein Pferd trat in ein Loch, strauchelte und stürzte.

Mark flog nach vorn und prallte so hart auf dem Boden auf, dass ihm die Luft wegblieb. Nach Atem ringend kam er wieder auf die Füße. Das reiterlose Tier lag am Boden und stöhnte leise. Ein Vorderbein ragte in spitzem Winkel zur Seite.

Eine graue Staubwolke stob auf ihn zu. Auch die Rawhaz hatten die Richtung geändert. In wenigen Minuten würden sie ihn eingeholt haben.

Mark besah sich die Armbrust, sie war noch in Ordnung. Er griff nach dem Köcher, kroch hinter das liegende Pferd und warf sich flach hin. Einen Pfeil legte er in die Armbrust, die anderen breitete er griffbereit neben sich aus.

Das Tier schaukelte vor und zurück um aufzustehen, es schnaubte vor Schmerzen. Mark strich ihm über den Rücken. »Ganz ruhig – es dauert nicht mehr lange.« Er richtete sich auf, zielte auf den vordersten Reiter und schoss. Der Pfeil traf den kleinen Mann in der Schulter, er wurde herumgerissen und stürzte zu Boden.

Schnell lud Mark nach und schoss wieder. Diesmal verfehlte er sein Ziel, der Pfeil bohrte sich in die Brust eines Pferdes. Es fiel, überschlug sich und begrub seinen Reiter unter sich.

Sie kamen immer näher. Mark schoss und traf daneben. Rings um ihn zischten Pfeile vorbei. Einer bohrte sich in den Hals seines Reittiers, es rührte sich nicht mehr.

Mark erhob sich und schoss wieder einen Pfeil ab. Nur knapp verfehlte ihn ein riesiger Huf, als ein Rawhaz über ihn hinweggaloppierte. Mark wirbelte herum, schoss und traf den Mann in den Rücken.

Plötzlich schoss ein brennender Schmerz durch Marks Bein. Er sah an sich hinunter. Eine Speerspitze hatte sich in seinen Schenkel gebohrt, Blut quoll hervor.

Die zwei letzten Rawhaz waren abgestiegen und näherten sich langsam seinem toten Reittier.

Geschwächt legte Mark einen Pfeil in die Armbrust. Beide würde er nicht erwischen, aber wenigstens einer sollte noch daran glauben.

Er lag regungslos da und wartete, sein Atem ging gleichmäßig.

Da, ein Rufen, Schritte, die sich eilig entfernten. Mark richtete sich auf und schaute sich um. Die beiden Rawhaz versuchten verzweifelt ihre Pferde einzufangen.

Dagon und seine Krieger sprengten auf sie zu und schossen eine Salve nach der anderen auf sie ab. Die Rawhaz hatten keine Chance. Bevor sie die Pferde erreichten, gingen sie getroffen zu Boden.

Dagon brachte sein Pferd zum Stehen und bemerkte die Toten, die überall verstreut lagen. Auf der Suche nach dem Schützen ritt er um Marks Tier herum. Erstaunt riss er die Augen auf und rief: »Kakon? Was um alles in Transall ...«

Mark atmete stoßweise. »Keine Zeit für Erklärungen. Ich bin nach euch ausgeschickt worden. Das Dorf ist in Gefahr. Eine Truppe von Rawhaz hat es überfallen. Beeilt euch. Vielleicht ist es schon zu spät.«

»Sarbo, bring Kakon eins der Rawhaz-Pferde.« Er wandte sich wieder Mark zu. »Ist die Wunde schlimm? Kannst du reiten?«

»Ich glaube schon. Aber wartet nicht auf mich. Ihr müsst los.«

Dagon nahm seinen Vorratsbeutel und warf ihn neben Mark in den Staub. »Hier, Kakon. Wenn du kannst, komm ins Dorf zurück. Wir haben viel miteinander zu bereden.« Er rief einen Befehl und die Krieger stoben im Galopp davon.

Kapitel 28

Der Tag war sehr warm, die Leichen der Rawhaz und der Reittiere fingen an zu stinken. Mark lehnte am Bauch seines toten Tieres in dem bisschen Schatten, den es bot. Seine Wunde hatte er gesäubert und mit Stoffstreifen verbunden, die er aus der Pferdedecke gerissen hatte. Im Vorratsbeutel hatte er ein wenig Trockenfleisch und einen harten Brotkanten gefunden und damit seinen Hunger stillen können.

Das von Sarbo eingefangene Tier stand geduldig neben ihm. Es war Zeit aufzubrechen. Sein Bein war steif und brannte wie Feuer, aber er musste los. Mark packte den Wassersack, die Waffen und seine Habseligkeiten zusammen und zwang sich aufzustehen.

Es ging ihm schlecht, aber immer noch besser als damals, als er in den Rücken getroffen worden war. Er ergriff die Zügel und führte das riesige Tier längsseits an sein totes Pferd. Dann zog er sich auf den Kadaver hinauf, schwang sich auf sein neues Pferd und ritt los.

Im Schritttempo ritt Mark in Richtung der Berge. Er kam langsam voran, erreichte aber gegen Abend die ersten Bäume. Er ritt weiter, bis er vor Dunkelheit fast nichts mehr sehen konnte. Schließlich ließ er sich vom Pferd gleiten, band es an einem Baum fest und fiel auf einem Lager aus trockenem Laub in Schlaf.

Am nächsten Morgen wachte er in derselben Stellung

auf, in der er eingeschlafen war. Sein Bein war dadurch noch unbeweglicher geworden als am Tag zuvor. Vorsichtig zog er sich hoch und stützte sich gegen einen Baum. Im Vorratsbeutel war noch etwas Trockenfleisch und zum Nachspülen gab es noch ein paar Schluck Wasser. Als er fertig war und gerade versuchte frei zu stehen, hörte er seinen Namen rufen.

»Kakon. Hörst du mich? Hier ist Megaan. Antworte doch.«

Mark erinnerte sich an das Horn, das immer noch um seinen Hals hing. Er stieß hinein und Augenblicke später brach ein goldenes Pferd durch die Bäume.

»Da bist du ja.« Megaan sprang ab und rannte zu ihm. »Mein Vater sagt, du seist verwundet. Ich habe eine Heilsalbe und Verband mitgebracht.«

»Das Dorf«, sagte Mark. »Ist alles in Ordnung?«

Megaan kniete nieder und schnitt ein großes Stück Leder aus seinen Beinkleidern um die Wunde zu versorgen. »Ein Teil des Dorfes ist niedergebrannt, das Lagerhaus ist zerstört und es hat ein paar Tote gegeben. Aber mein Vater ist mit seinen Kriegern gerade noch rechtzeitig gekommen, um das Schlimmste zu verhindern.«

»Leeta?« Mark krümmte sich vor Schmerz, als Megaan die Salbe auftrug. »Was ist mit Leeta?«

»Deiner Freundin geht es gut. Sie hat die Höhle gefunden und war mit uns im Versteck, bis alles vorüber war.«

»Hat Dagon dich nach mir ausgesandt?«, fragte Mark.

Megaan runzelte die Stirn. »Bleib still, bis ich fertig bin, und zapple nicht jedes Mal wie ein Baby, wenn ich dich berühre.«

»Er weiß nicht, dass du hier bist, stimmt's? Er wäre

bestimmt sehr böse, wenn er wüsste, dass du so weit von zu Hause fort bist, bei all den Kämpfen in letzter Zeit.«

»Mein Vater weiß, dass ich gut selbst auf mich aufpassen kann. Er sagt mir nicht, was ich zu tun habe.«

»Wenn niemand dich geschickt hat, bist du wohl den ganzen Weg gekommen, weil du dir Sorgen um mich gemacht hast. Was ist los mit dir? Ist niemand mehr da, der dir das abnehmen könnte?«

Megaan erhob sich. »Fertig. Wir können gehen.«

»Ist das ein Befehl?«

Megaan blickte zur Seite. »Ich gebe dir keine Befehle mehr. Mein Vater hat gesagt, du seist ... vergiss es. Kannst du stehen?«

»Kommt darauf an. Was hat dein Vater über mich gesagt?«

Ungeduldig verdrehte Megaan die Augen. »Er hat den Leuten gesagt, du seist sehr tapfer und habest dein Leben für uns aufs Spiel gesetzt. Aufgrund deiner Taten seist du kein Ungleicher mehr, sondern ein Gleicher.«

»Aha.« Mark kratzte sich am Kinn. »Und was bedeutet das – ein Gleicher sein? Kann ich kommen und gehen, wie es mir passt?«

»Ja.«

»Das ist alles? Mir scheint, Gleiche sollten noch etwas mehr bekommen.«

»Es bedeutet ... dass du ein Pferd haben kannst, ein Stück Ackerland bekommst, ein Haus bauen kannst und dir eine Frau nehmen darfst, wenn du heiraten willst. Jetzt steh auf. Ich habe nicht den ganzen Tag Zeit.«

»Das hat eben ziemlich nach Befehl geklungen ...« Mark versuchte sich aufzurichten. »Kannst du mir helfen?«

Megaan zog ihn hoch und stützte ihn beim Gehen. »Mehr Hilfe brauchst du nicht, glaube ich. Warte. Ich bring dein Pferd zu diesem Stein hier, damit du leichter aufsteigen kannst.«

»Wie war das gleich mit dem Heiraten?«

Megaan drohte ihm mit dem Finger. »Dafür bist du sowieso noch zu jung …«

»War ja nur ein Spaß.«

»Das finde ich aber gar nicht witzig.« Sie reichte ihm die Zügel. »Kannst du allein aufsteigen oder soll ich dir dabei auch noch helfen?«

Mark stieg auf den Stein, biss die Zähne zusammen und zog sich aufs Pferd. Megaan war bereits aufgestiegen und preschte zwischen den Bäumen davon. Er trabte hinter ihr her. »Danke, dass du dich um mich gekümmert hast, Megaan. Du bist wirklich eine wahre Freundin.«

»Gern geschehen. Nicht der Rede wert. Das hätte ich für jeden getan. Selbst für einen Ungleichen. Außerdem stehe ich in deiner Schuld, denn du hast uns das Leben gerettet.«

Mit einem Fußtritt brachte sie ihr Tier in Galopp und ließ Mark in einer roten Staubwolke zurück.

Kapitel 29

Das Lagerhaus und einige andere Gebäude schwelten noch. Der Turmwächter kündigte die Ankunft von Megaan und Mark mit seinem Horn an, doch die meisten Bewohner waren so mit Aufräumarbeiten beschäftigt, dass sie den Ankömmlingen kaum Beachtung schenkten. Einige unterbrachen ihre Arbeit und winkten oder riefen Mark Dankesworte zu.

Vor Dagons Haus waren mehrere Reittiere angebunden. Megaan half Mark beim Absteigen. »Geh hinein, Kakon. Ich kümmere mich um die Pferde.«

Mark humpelte zum Haus und öffnete die Tür. Dagon saß mit einigen Männern auf langen Bänken um einen großen Tisch.

»Komm herein, Kakon. Eben habe ich mit dem Rat über dich gesprochen.« Dagon wies auf einen leeren Platz. »Setz dich und höre, wie die Tsook denjenigen belohnen, der ihnen hilft.«

Mark humpelte zu einer Bank. »Megaan hat mir erzählt, dass ich ein Gleicher geworden bin. Ich danke dir.«

»Hat sie dir auch erzählt, dass es ein großes Fest geben wird, sobald das Dorf wieder wehrhaft ist? Alle Tsook von Transall werden eingeladen. Wenn unser Oberhaupt, der große Merkon, seinen Abgesandten schickt, können wir eine feierliche Kriegerweihe vollziehen.«

»Für mich? Ich soll Krieger werden?«

»Du hast dich dieser Ehre würdig erwiesen.«

»Nochmals vielen Dank, aber ...« Mark sah in die Runde kampfgestählter Gesichter. Wie sollte er ihnen klarmachen, dass er seine Freiheit einzig der Suche nach dem Licht und der Rückkehr nach Hause widmen wollte?

Er schluckte. »Was ich sagen wollte. Ihr habt mir schon zu viel Ehre erwiesen. Die Kriegerweihe sollte den Söhnen der Tsook vorbehalten sein.«

Dagon klopfte auf den Tisch. »So ist es entschieden. Wer anderer Meinung ist, erhebe seine Stimme.«

Die Männer des Rats erhoben sich und gingen nacheinander hinaus. Nur Dagon blieb sitzen. »Du darfst dir ein Stück Land aussuchen, Kakon. Solange du dich noch nicht entschieden hast, kannst du im Haus von Hagis wohnen. Hagis war ein tapferer Krieger, der im Kampf gegen die Rawhaz gefallen ist. Megaan soll dafür sorgen, dass es gut ausgestattet ist. Kann ich sonst noch etwas für dich tun?«

Mark sah auf das eiserne Band an seinem Knöchel. »Hat Megaan dir den Grund genannt, warum ich das Fußeisen nicht mehr trage?«

»Sie sagte, sie habe noch einen Erntearbeiter gebraucht und deshalb das Eisen entfernen lassen. Wäre ich da gewesen, wäre ich zornig geworden. Aber es hat sich gezeigt, dass sie die richtige Entscheidung getroffen hat. Keine Sorge, Tybor, der Schmied, soll den Rest abnehmen. Den brauchen wir jetzt nicht mehr.«

Mark stand auf. Er konnte sich nicht erinnern jemals so müde gewesen zu sein. »Wenn du erlaubst, gehe ich gleich jetzt zu dem Haus. Das Bein fängt wieder an zu bluten und ich muss schlafen.«

»Natürlich.« Dagon ging zur Tür und rief seine Tochter. Megaan erschien und er wies sie an, Mark das Haus zu zeigen und Nahrungsvorräte herbeizuschaffen.

Draußen band Mark sein geliehenes, mausgraues Pferd ab und führte es am Zügel die Straße entlang.

»Tut mir Leid, dass ich mich über dich lustig gemacht habe, Megaan. Es war wirklich sehr nett von dir, dass du mir mit der Wunde geholfen hast.«

Megaan ging schweigend weiter.

»Dein Vater hatte eine merkwürdige Erklärung für das Verschwinden meines Fußeisens.«

»Hätte ich ihm vielleicht sagen sollen, dass du geflohen bist?«

»Warum hast du es ihm nicht erzählt?«

»Hier ist das Haus.« Megaan war vor einer kleinen Hütte stehen geblieben. »Hagis war ein alter Junggeselle. Keine Ahnung, wie es drinnen aussieht.« Sie öffnete die Tür und ging hinein.

Mark schlang die Zügel um einen Pfosten und folgte ihr. Sie inspizierte die Regale an der hinteren Wand des einzigen Raumes. »Dieses Haus ist unbewohnbar. Ich schicke einen Sklaven zum Putzen vorbei.«

»Nein. Es geht schon, und später kann ich es selbst putzen.«

»Aber ...«

»Für mich wird kein Sklave arbeiten. Verstanden? Man darf andere Menschen nicht zur Arbeit zwingen.«

»Ach wirklich?« Megaan stemmte die Hände in die Hüften. »Und wie willst du dein Land bearbeiten, Kakon? Du bist Krieger und kein Bauer.«

Erschöpft ließ Mark sich auf das zerlumpte Lager fallen. »So weit habe ich noch nicht gedacht. Aber eins kann ich dir sagen. Wenn ich es nicht selbst schaffe, wird es eben nicht gemacht.«

»Maak.« Leeta stürmte herein. »Alles in Ordnung? Ich bin froh.«

Mark stützte sich auf die Ellbogen. »Das hier ist mein Haus, Leeta. Wie gefällt es dir?«

»Haus gut.« Leeta rümpfte die Nase. »Aber zu schmutzig. Ich mache sauber.«

»Und was ist mit deiner Herrin? Sie sieht es bestimmt nicht gern, wenn du so lange wegbleibst.«

Leeta strahlte und antwortete in der Sprache der Tsook. »Neue Herrin Megaan. Sie hat mich genommen.«

»Das war doch nichts Besonderes«, brummelte Megaan und ging zur Tür. »Die Alte ist auf der Flucht vor den Rawhaz gestorben. Und ohne dich brauchten wir noch eine Hilfe. Leeta nimmt deinen Platz ein, sonst nichts.«

»Ich möchte wirklich wissen, warum es dir so schwer fällt, ein Lob anzunehmen«, sagte Mark kopfschüttelnd. »Nur weil du die Häuptlingstochter bist, ist es dir nicht verboten, danke zu sagen.«

Megaan reckte ihr Kinn. »Komm, Leeta. Kakon muss sich ausruhen.«

Leeta folgte ihr. Unter der Tür drehte sie sich um und sagte: »Ich komme wieder, Maak.«

»Schön. Und wenn deine Oberin mal von ihrem Hochmut ausspannen will, bring sie mit.«

Krachend fiel die Tür zu.

Kapitel 30

Mark hatte sich lange nicht mehr so wohl gefühlt. Die eiserne Fußfessel war fort und die Wunde fast verheilt. In den vergangenen Wochen hatte er Reiten geübt, gelernt mit der Armbrust zu jagen und Mann gegen Mann mit dem Schwert zu kämpfen.

Der große Sarbo war sein Trainer, ein Mann, der Perfektion verlangte. »Nicht so, Kakon. Wenn du von oben schlägst, hast du zwar mehr Kraft, aber dein Gegner kommt dann von unten und durchbohrt dich. Versuch es noch einmal.«

Mark zog sein Schwert aus der Strohpuppe, ging zurück und wischte sich den Schweiß von der Stirn. Dann wirbelte er herum, attackierte von der Seite und spaltete die Puppe in zwei Hälften.

»Gut so. Viel besser. Das reicht für heute. Geh nach Hause zum Essen und komm morgen wieder.«

»Keine zehn Pferde könnten mich davon abhalten.«

»Zehn Pferde?«

»Das ist so eine Redensart, Sarbo. Es bedeutet, dass nichts mich davon abhalten könnte wiederzukommen.«

»Merkwürdiger Junge.« Sarbo sammelte die Teile der Strohpuppe ein. »Meine Frau soll sie wieder herrichten. Bis morgen wird sie es geschafft haben. Ach, Kakon?«

»Ja?«

»Ich bin der Meinung, die wilden Pferde sind noch

nichts für dich, weder eins noch zehn. Warte damit, bis du besser reiten kannst.«

»In Ordnung«, antwortete Mark lächelnd. Dann schob er das Schwert in den Gürtel und machte sich auf den Weg.

Tybor, der Schmied, rief hinter ihm her. »Kakon. Sieh dir das an. Ich glaube, jetzt habe ich es geschafft.«

Mark ging zu der verräucherten Esse hinüber. »Lass mal sehen.«

Tybor holte ein flaches, leichtes Metallstück hervor. »Und? Wie findest du das?«

»Genau so muss es sein. Das wird ein perfekter Brustpanzer. Leicht und doch stabil. Und was ist mit dem Helm?«

»Das ist viel schwieriger. Ich arbeite noch daran.«

»Prima. Sag mir, wenn du damit fertig bist«, sagte Mark und machte sich wieder auf den Heimweg.

»Warte, Kakon«, rief Barow und rannte hinter ihm her. »Du wolltest mir heute noch beim Schreiben helfen. Hast du das vergessen?«

»Hab ich nicht. Komm mit zu mir. Ich koche uns was Feines und dann können wir anfangen.«

»Ich habe schon gegessen, Kakon. Können wir nicht gleich anfangen? Ich habe auch geübt. Schau doch.« Barow beugte sich vor und schrieb seinen Namen in den Sand.

»Sehr gut, Barow. Und was hast du noch gelernt?«

»Ich kann jetzt alle Buchstaben. Heute sollst du mir noch ein paar Namen beibringen.«

»Ich weiß nicht. Du solltest lieber die Laute noch mehr üben.«

»Hilfst du mir, wenn ich dir ein Geheimnis verrate?«

»Schon möglich. Kommt auf das Geheimnis an.«

»Dagon hat den Termin für das Fest bestimmt.«

»Und?«

»Hilfst du mir auch?«

Mark wuschelte dem Kleinen durch die lange, dunkle Mähne. »Ich denke schon. Und jetzt erzähl.«

»Es wird an Neumond stattfinden. Und weißt du was? Ein Bote hat die Nachricht überbracht, dass der große Merkon persönlich anreisen wird. Das wird ein großes Ereignis.«

Barow runzelte die Stirn. »Bleibst du dann noch mein Freund, wenn du zum Krieger geschlagen bist?«

»Warum denn nicht?«

»Megaan sagt ...«

»Megaan weiß auch nicht alles. So, da sind wir. Möchtest du mit hineinkommen und mir beim Essen zusehen oder willst du später wiederkommen?«

»Ich kenne deine Art Essen. Lieber komme ich später wieder.«

»He«, rief Mark mit gespieltem Ärger. »Pass nur auf, was du sagst, oder du bekommst keine Schlaumacher-Pizza mehr von mir.«

Barow kicherte und rannte über die Straße. »Ich glaube nicht, dass ich besonders traurig darüber wäre.«

Mark trat in seine Hütte. Ein wunderbarer Duft erfüllte den Raum. Leeta kniete vor der Feuerstelle.

»Hallo, Mark«, begrüßte sie ihn in fast akzentfreiem Tsook. »Ich habe Brot gebacken und einen Eintopf gekocht. Megaan meint, du würdest dich mit deinem Selbstgekochten vergiften.«

»Sie sollte sich nicht überall einmischen.«

»Soll ich das Essen wieder abräumen?«

»Aber nein, dann hättest du dir diese ganze Arbeit ja umsonst gemacht.«

Leeta füllte ihm auf und stellte die Schale auf den Tisch. »Du und Megaan solltet euch nicht immer streiten. Ihr seid beide gute Menschen. Warum kommt ihr nicht miteinander aus?«

»Ich komme mit jedermann aus. Megaan ist die Schwierige. Sie meint über alles in Transall bestimmen zu müssen.« Mark schlürfte die heiße Suppe. »Schmeckt großartig, Leeta. Iss doch auch etwas.«

Leeta schenkte sich ein Glas Wasser ein und setzte sich ihm gegenüber. »Bist du hier glücklich, Mark?«

»Ich glaube schon«, erwiderte Mark achselzuckend. »Auf jeden Fall besser, als auf einem Baum zu hausen.«

»Und was ist mit dem blauen Licht und der Welt, aus der du gekommen bist? Ich kann mich an eine Zeit erinnern, als du alles darum gegeben hättest, um dorthin zurückzukehren.«

Mark wischte sich den Mund mit dem Handrücken ab. »Ich möchte immer noch zurück. Und ich werde das auch schaffen. Nur gerade jetzt haben die Tsook meinetwegen hier alles auf den Kopf gestellt und da kann ich sie unmöglich enttäuschen.«

Leeta spuckte auf den schmutzigen Boden. »Die Tsook sind Sklavenhalter, nicht besser als die Kannibalen, die uns angegriffen haben. Hast du schon vergessen, wie sie uns hierher verschleppt haben? Lass dich nicht mit ihnen ein, Mark.«

»Nun mal langsam. Du bist doch diejenige, die mir eben von Megaan vorgeschwärmt hat. Auch sie ist eine Tsook.«

»In jedem Volk gibt es Einzelne, die anders sind als die

anderen. Kannst du dich noch an dein Volk erinnern, Mark? Ich erinnere mich an mein Volk und werde nie vergessen, was die Tsook uns angetan haben.«

Mark versuchte sich die Gesichter seiner Eltern vorzustellen. Vage sah er einen Mann mit schütterem Haar und eine zierliche, blonde Frau vor sich, mehr nicht. Er setzte seine Schale ab. So lange hatte er sie nicht mehr gesehen, dass er kaum noch wusste, wie sie aussahen.

»Ich habe dich verärgert«, sagte Leeta und erhob sich. »Entschuldige bitte.«

»Warte. Geh noch nicht. Du hast Recht. Ich habe das Wichtigste aus den Augen verloren. Nach dem Fest werde ich fortgehen von hier. Ich bin diesen Menschen nichts schuldig. Du kannst mitkommen, wenn du willst.«

»Ich muss dir etwas gestehen, Mark. Ein Schamane, ein sehr mächtiger Medizinmann, besuchte einmal unser Dorf und hat von deinem blauen Licht erzählt.«

»Warum hast du mir nie etwas davon gesagt, Leeta?«

»Ich hatte Angst. Der Schamane sagte, das Licht enthalte unvorstellbare Mengen einer bösen Kraft. Er sagte, sollten wir es jemals zu Gesicht bekommen, müssten wir weglaufen, so schnell wir nur könnten.«

»Hat er gesagt, wo es sich befindet?«

»Er sagte, das Licht sei mal hier, mal dort.«

»Mein Traum, Leeta. Ich habe einmal davon geträumt, wie das Licht mir immer ausgewichen ist. Hat der Medizinmann noch etwas gesagt?«

Leeta biss sich auf die Unterlippe. »Er sagte ... was aus dem Licht käme, habe die Macht unsere gesamte Welt zu zerstören.«

Kapitel 31

»Was ist los mit dir, Kakon? Du bist heute so anders als sonst«, sagte Dagon, während er letzte Hand an eine neue Armbrust legte. »Du hast nichts zu befürchten. Die Feierlichkeiten fangen bald an. Und der Abgesandte von Merkon hat versprochen pünktlich für die Spiele da zu sein.«

»Ich fürchte mich nicht. Ich denke nur nach.« Mark ließ die Finger über einen Pfeilschaft gleiten. »Dagon, ich würde gerne wissen, wer dieser Merkon ist. Ist er von einem anderen Stamm der Tsook?«

»Der Merkon ist Herrscher über ganz Transall. Er wohnt jenseits des großen Flusses und kommt den weiten Weg nur um dich kennen zu lernen.«

»Warum tut er das? Warum macht er wegen meiner Kriegerweihe diese weite Reise?«

»Das Oberhaupt ist eingeladen worden und hat entschieden zu kommen. Mehr weiß ich auch nicht. Wir haben ihn seit vielen Jahren nicht mehr diesseits des Flusses gesehen. Er schickt sonst immer einen Abgesandten für unsere Abgaben. Es ist eine große Ehre, dass er persönlich zu uns kommt.«

»Vielleicht kommt er, um bei dir nach dem Rechten zu sehen. Um zu kontrollieren, ob hier alles so läuft, wie er es wünscht.«

»Das glaube ich nicht. Wir sind nur ein kleines Dorf

neben vielen anderen, viel größeren Dörfern. Und wir zahlen immer pünktlich unseren Tribut. Unseretwegen würde der Merkon keine Zeit verschwenden.«

Mark lehnte sich zurück. »Du sagst, es gibt hier noch viel größere Ansiedlungen?«

»Natürlich. Die Tsook sind zahlreich wie die Sterne. Leider gibt es in Transall auch viele Stämme von Ungleichen. Aber irgendwann werden wir sie alle erobert haben.«

»Welche Pläne hat der Merkon?«

»Bevor es den großen Merkon gab, bekämpften die Tsook sich sogar untereinander. Immer herrschte Krieg. Jetzt sind wir unter seiner Führung vereint und leben meist in Frieden.«

»Kakon.« Barow streckte den Kopf aus der Tür. »Megaan und Leeta möchten dir etwas zeigen.«

Mark legte den Pfeil hin. »Was denn?«

»Von dort kannst du es nicht sehen«, rief Megaan. »Komm herein.«

Mark trat über die Schwelle und blieb überrascht stehen. Die Mädchen hielten einen Anzug aus weichem, fast weißem Leder empor, der an den Ärmeln mit langen Fransen verziert war.

»Für dein Fest, Mark«, sagte Leeta stolz. »Wie gefällt er dir?«

»Natürlich habe ich alles nähen müssen«, schmunzelte die Großmutter. »Diese dummen Mädchen hätten doch alles verdorben.«

Mark berührte die neuen Kleider. »So etwas Schönes habe ich noch nie gehabt. Ich weiß nicht, was ich sagen soll.«

»Du könntest zum Beispiel danke sagen«, neckte ihn

Megaan. »Falls dieses Wort für einen bedeutenden Krieger nicht zu schwierig ist.«

»Im Gegensatz zu manchen anderen habe ich mit diesem Wort keine Probleme«, erwiderte Mark und schnitt eine Grimasse. »Ich danke euch, euch allen.«

»Und jetzt geh lieber nach Hause und mach dich fertig.« Megaan drückte ihm die Lederkleidung in die Hand und schob ihn hinaus. »Damit du uns auch alle Ehre machst.«

Dagon sah ihn grinsend an. »Gefährliche Geschichte, wenn Frauen für einen nähen, Kakon. Als Nächstes verlangen sie noch, dass du dich badest.«

»In meinem Fall könnte es nicht schaden.« Mark nahm den Pfeil. »Danke, dass du mir das Pfeilschnitzen beigebracht hast, Dagon. Ich sollte jetzt wirklich gehen und mich auf das Fest vorbereiten.«

Immer noch winkten und riefen ihm die Menschen zu, wenn er die Straße entlangging. Dieselben Frauen, die ihn zuvor, als er in Ketten ging, hämisch angeschaut hatten, boten ihm nun frisches Brot an, wenn er vorbeikam. Er lebte das Leben eines Stars – eine große Versuchung für immer hier zu bleiben.

Leeta hatte sein Angebot abgelehnt mit ihm in den Urwald zurückzukehren. Die wenigen Überlebenden ihres Stammes waren alle von den Tsook versklavt worden, sie wollte bei ihnen bleiben. Er konnte sie verstehen. Familie war etwas sehr Wichtiges. Das hatte er vorübergehend aus den Augen verloren und das sollte ihm nie wieder passieren.

Die Kriegerweihe und das anschließende Fest sollten die ganze Nacht und den größten Teil des folgenden Tages dauern. Danach, wenn das Dorfleben wieder in gewohnten Bahnen lief, wollte Mark sich auf den Weg machen. Niemand konnte ihn davon abhalten und niemand würde ihn verfolgen. Er war ein Gleicher, der gehen konnte, wohin er wollte.

In seiner Hütte machte Mark Wasser heiß und wusch sich gründlich, bevor er die neue Lederkleidung anprobierte. Sie saß wie angegossen. Er legte seine Klauenkette an und band sich die Haare mit einem Lederband nach hinten. Megaan sollte nichts an ihm auszusetzen haben, dachte er und fragte sich gleichzeitig, warum ihm das wichtig war. Megaan?

Ein Horn ertönte und dann begann das Schlagen der Trommeln. Das Fest nahm seinen Anfang. Dagon hatte Recht, er war irgendwie nervös. Ein letztes Mal sah er prüfend an sich herab, von den Fransen am Hemd bis zu den bloßen Füßen.

Die Tür ging auf und Sarbo trat ein. »Du siehst sehr gut aus, Kakon. Das Fest beginnt und alle warten mit dem Essen auf unseren Ehrengast. Komm.«

»Bin schon unterwegs.« Mark folgte ihm aus dem Haus die Straße hinunter. Nahe dem Dorfplatz waren Bänke und Tische aufgestellt, auf denen sich das Essen türmte. Blumengeschmückte Fackeln säumten die Straße.

Dagon winkte Mark zu sich an den obersten Tisch. Sarbo saß neben ihm und flüsterte: »Für dich haben sie sich selbst übertroffen, Kakon. So eine Feierlichkeit habe ich noch nie erlebt.«

Die Turmwache stieß ein Warnsignal aus, dem jedoch schnell ein beruhigender, langer Entwarnungston folgte.

Dagon erhob sich. »Unsere Gäste scheinen im Anmarsch zu sein. Komm, Kakon. Wir wollen ihnen entgegengehen.«

Mark ging mit Sarbo und Dagon vor das Dorf. Es war fast dunkel, die Gesichter der Ankommenden waren kaum zu erkennen.

Ungefähr fünfzehn Reiter hielten vor ihnen. Sie trugen eine Art einfacher Rüstung, nicht unähnlich der, an der er und Tybor arbeiteten. Der Anführer hatte einen leichten, metallenen Helm auf, der den oberen Teil seines Gesichts wie eine Maske bedeckte.

»Willkommen«, rief Dagon. »Ich heiße den großen Merkon und seine Freunde willkommen. Es ist uns eine Ehre, euch in unserem kleinen Ort zu begrüßen. Ihr kommt gerade rechtzeitig zur Eröffnung des Festes.«

Einer der Reiter sprach: »Das Oberhaupt wünscht denjenigen zu sehen, den ihr Kakon nennt.«

Mark trat vor. »Ich bin Kakon.«

Der Mann mit der Maske starrte durch die schmalen Augenschlitze seiner Maske auf ihn herab. Niemand rührte sich oder sagte etwas. Schließlich erhob der Merkon die Hand. Der vorderste Reiter stieg ab und ergriff die Zügel von Merkons Pferd.

Das Oberhaupt stieg ab und sagte zu Dagon: »Das Fest möge beginnen.«

Sarbo zeigte den Reitern, wo sie ihre Pferde unterstellen konnten, und Dagon führte den Merkon zu den Tischen und rühmte den ganzen Weg über Marks Heldentaten.

Als sie Platz genommen hatten, begann der Merkon Mark Fragen zu stellen. »Sag mir, warum du das getan hast? Warum sollte ein Sklave sein Leben riskieren für die, die ihn gefangen genommen haben?«

Aufrichtig antwortete Mark: »Die Entscheidung ist mir nicht leicht gefallen. Zuerst wollte ich nur mich selbst retten, aber dann erschien es mir unrecht, alle anderen umkommen zu lassen.«

»Vielleicht wolltest du nur belohnt werden?«

Marks Augen verengten sich. Mit ruhiger Stimme antwortete er: »Vielleicht.«

Das Oberhaupt lächelte und nahm sich ein Stück gegrilltes Fleisch. »Ich glaube, ich mag dich, Kakon. Du bist nicht nur tapfer, du bist auch klug. Aus dir wird einmal ein großer Krieger werden.«

Mark verspürte keinen Hunger. Das merkwürdige Verhalten des Oberhaupts hatte ihm den Appetit verdorben. Er sah zum anderen Tischende hinüber. Dort saß Megaan mit ihren Freundinnen und lachte vergnügt.

Die übrigen Tsook amüsierten sich bereits prächtig. Die Kinder spielten Fangen, ihr Gelächter erfüllte die Dunkelheit.

»Ich glaube, ich habe etwas in meiner Hütte liegen lassen«, sagte Mark zu Dagon. »Ich bin gleich zurück.«

Bevor jemand protestieren konnte, war er gegangen. Das Fest galt ihm, doch das war ihm merkwürdigerweise unangenehm. Er wollte lieber allein sein. Das Oberhaupt bereitete ihm Unbehagen. Irgendetwas an dem Mann stimmte nicht.

In seiner Feuerstelle war noch Glut. Er setzte sich auf die Schlafmatte und machte sich nicht die Mühe eine Kerze anzuzünden.

»Was ist los mit dir«, fragte er sich flüsternd. Das Feuer knisterte und ein Funke spritzte auf den frisch gekehrten Erdboden.

Mark starrte an die Decke. Er kannte die Antwort. Die Wahrheit war, dass er diesen Ort vermissen würde. Seit ungefähr zwei Jahren war dies sein erstes richtiges Zuhause.

Die Tür ging auf. »Kakon? Was machst du hier?«, fragte Megaan. »Die Geschichten haben begonnen. Du solltest mal Sarbo hören, wie er von der Zeit erzählt, als er mit einem Streich eine ganze Horde von Wompass niedergemacht hat.«

»Das wäre ihm zuzutrauen. Geh schon vor. Ich komme dann nach.«

»Bist du krank?«

»Nein. Mach dir keine Sorgen um mich. Ich sagte doch, ich komme nach.«

Megaan trat näher. »Ich gehe erst, wenn du mir gesagt hast, was los ist.«

Mark sah zu ihr auf. Sie trug eine große, rote Blüte im Haar. Zum ersten Mal sah er sie in einem Rock. »Du siehst hübsch aus, Megaan. Nett, dass du dich extra für mich so fein gemacht hast.«

»Ha. Du bist so hochnäsig. Ein echter Tsook wüsste, dass die Häuptlingstochter sich immer …« Sie sprach nicht weiter. »Nein, ich weiß schon, worauf du hinauswillst. Aber heute Abend lasse ich mich von dir nicht verrückt machen, egal was du sagst.«

»Und wenn ich dir sagen würde, dass ich morgen nach dem Fest das Dorf verlassen möchte?«

Megaan biss sich auf die Lippen. »Was meinst du mit verlassen? Du kommst doch zurück, oder?«

Mark schüttelte den Kopf. »Erinnerst du dich daran, wie ich dir von dem Ort erzählte, wo ich herkomme, und von dem Licht, das mich nach Transall gebracht hat? Ich bin kein echter Tsook. Meine Familie wartet auf mich in einer anderen Welt. Ich muss versuchen dorthin zurückzukehren.«

»Das ist deine Entscheidung.« Megaan ging zur Tür.

»Geh doch zurück. Und nimm dein dummes Sklavenmädchen mit. Ist mir doch egal. Ich bedauere nur, dich je kennen gelernt zu haben.«

Mark sah ihr nach, wie sie wütend aus der Tür stapfte, und sprach in die Dunkelheit hinein: »Ich glaube, ich werde dich auch vermissen, Megaan.«

Kapitel 32

Der Abend schien keine Ende nehmen zu wollen. Mark war doch wieder zum Fest zurückgekommen und Barow wollte unbedingt, dass er die Geschichte vom Heuler erzählte, obwohl der Kleine sie bestimmt schon ein Dutzend Mal gehört hatte.

Dagon erzählte, wie er Mark hinter dem toten Reittier entdeckt hatte, als dieser seinen letzten Pfeil anlegte, bereit für die Tsook sein Leben zu lassen. An dieser Stelle sprangen die Menschen auf und jubelten ihrem jungen Ehrengast zu.

Der Merkon bereitete Mark immer noch Unbehagen. Immer wenn er ihn ansah, spürte er seinen kalten, beobachtenden Blick.

Das Geschichtenerzählen und Feiern dauerte bis spät in die Nacht. Die kleineren Kinder mussten nach Hause getragen werden, ein paar Männer begleiteten sie. Andere tranken so viel, dass sie an den Tischen einschliefen.

Mark suchte seine Hütte auf und versuchte zu schlafen. Stundenlang wälzte er sich hin und her. Es war ihm, als sei er gerade erst eingeschlafen, als er erschreckt auffuhr.

An seinem Tisch saß der Merkon und sah ihn an. »Ich störe dich hoffentlich nicht, Kakon.«

»Nein ... nein.« Mark blinzelte und setzte sich auf. »Ich war nur ein wenig überrascht. Gewöhnlich kommt niemand unangemeldet in mein Haus.«

Die Lippen des Merkon erbleichten. Die Augen unter der Maske schienen zu funkeln. »Hast du etwa Angst vor mir?«

»Sollte ich?«

»Das wäre weise von dir. Ich kann jederzeit Befehl geben dich köpfen zu lassen und den Tieren des Waldes zum Fraß vorzuwerfen.« Zwei von Merkons Männern erschienen unter der Tür. Das Oberhaupt gab ihnen ein Zeichen und sagte: »Wartet draußen.«

Er wandte sich wieder Mark zu. »Ich habe gehört, dass du ein bestimmtes Licht finden willst. Ein Licht, das sehr mächtig ist.«

Mark stand auf und ging vorsichtig um den Tisch. »Woher weißt du das?«

»Es ist meine Aufgabe, alles zu wissen, was in Transall passiert.«

»Dann weißt du auch, warum ich es finden muss.«

Der Merkon klopfte auf den Tisch. »Mir wurde berichtet, dass dir etwas widerfahren ist, das dich glauben lässt, du seist nicht von dieser Welt und dass das Licht dich von hier fortbringen kann.«

Mark verschränkte die Arme. »Das glaube ich nicht – ich weiß es.«

Der Merkon sah ihn prüfend an. »Dagon hält große Stücke auf dich. Aus diesem Grund habe ich beschlossen dir zu helfen. Nach der Kriegerweihe wirst du mit mir nach Trisad kommen. Dort lebt ein alter Schamane. Wenn jemand etwas über dein Licht weiß, dann er.«

Der Merkon erhob sich und ging mit klirrendem Brustpanzer zur Tür. Sein langer Lederumhang floss bis zum Boden. »Morgen brechen wir auf.« Mit diesen Worten zog der große Mann die Tür hinter sich zu.

Mark ließ sich auf die Bank fallen. Das war eine ganz neue Entwicklung. Doch der Merkon war ihm so unheimlich, dass er mit ihm und seinen steinernen Bodyguards eigentlich nicht reisen wollte. Aber wenn es sich um denselben Schamanen handelte, von dem Leeta ihm erzählt hatte, was dann? Vielleicht war das seine einzige Chance. Er musste gehen. Und wenn dabei nichts herauskam, hatte er höchstens Zeit verloren.

Er hatte seinen Entschluss gefasst, wusch sich den Schlaf aus den Augen und trat ins Freie.

Sarbo erwartete ihn schon hoch zu Ross, die Zügel von Marks grauem Reittier in den Händen. »Beeil dich, Kakon. Ich habe dir doch gesagt, dass das Rennen frühmorgens stattfindet.«

»Ja. Aber nach der vergangenen Nacht dachte ich nicht, dass das jemand wörtlich nehmen könnte. Vor allem du nicht. Du bist doch noch am Tisch eingeschlafen.«

Sarbo richtete sich verlegen auf. »Ich habe mich nur ausgeruht. Hättest du das Fest nicht so früh verlassen, hättest du gesehen, wie gut ich wieder in Form war.«

»Na klar. Und dann? Bist du dann zu deiner Frau heimgewankt?«

»Kakon, wenn du ein bisschen älter wärst, könntest du jetzt was erleben ...«

Mark lachte. »Ein Glück, dass ich noch so jung bin.«

Sarbo warf ihm die Zügel zu. »Steig auf. Du wirst bei dem Rennen eine ordentliche Abreibung bekommen. Vielleicht zeigst du dann etwas mehr Respekt gegenüber Älteren.«

»Und wenn ich gewinne?«

»Du? Das soll wohl ein Witz sein. Du kannst doch kaum richtig auf dem Pferd sitzen.«

»Also, dann wetten wir«, meinte Mark zuversichtlich. »Wenn ich gewinne, bekomme ich ... dein neues Schwert.«

»Ha. Und wenn ich gewinne, bekomme ich deine Halskette, auf die du so stolz bist.«

»Abgemacht.« Mark schwang sich aufs Pferd und folgte Sarbo die Straße entlang.

Zu seiner Überraschung hatten sich wirklich fast alle Männer des Dorfes mit ihren Reittieren bei den Büffelgehegen eingefunden. Sogar ein paar Männer des Merkon nahmen an dem Rennen teil.

Dagon kletterte auf einen Zaun und stellte sich auf die oberste Sprosse. »Ihr reitet durch das Tal bis zum großen Sandblütenbaum. Dort steht Tybor mit einem Korb voll Pagomafrüchten. Ihr klemmt euch eine Frucht zwischen die Zähne und reitet zurück. Der Erste, der mit der Frucht im Mund an mir vorbeireitet, hat gewonnen.«

Die Dorfbewohner säumten den Anfang der Rennstrecke. Mark entdeckte Leeta und Barow, die ihm zuwinkten. Megaan war nicht dabei.

Dagon fuhr fort: »Wenn das Horn ertönt, startet das Rennen.«

Die Reiter stellten sich auf. Mark kam zwischen Sarbo und einem Unbekannten zu stehen. Er wandte sich seinem Lehrer zu. »Viel Glück.«

»Du bist derjenige, der Glück braucht, Kakon. Mach dich darauf gefasst, deine kostbare Halskette zu verlieren.«

Das Horn erschallte und etwa fünfzig Pferde donnerten den Talweg entlang und ließen die Zuschauer in einer roten Staubwolke hinter sich.

Sarbos Tier lag etwas vor Mark. Dieser klammerte sich

mit beiden Händen an der Mähne fest und trieb sein Pferd an.

Der Weg verschwamm unter den stampfenden Hufen der Tiere. Ein schwarzes Pferd setzte sich vor Mark, er musste aufholen.

Etwas Hartes rammte ihn von hinten und stieß ihn fast vom Pferd. Er merkte, wie er abglitt, und klammerte sich verzweifelt an die Mähne, während sein Pferd weiterraste. Er schlang den Arm um den Pferdehals und hielt sich mit aller Kraft fest.

Zentimeterweise rutschte er zur Seite ab, aber als seine Füße auf den Boden aufschlugen und er wie ein Lappen hin- und hergeschleudert wurde, hielt eine Hand immer noch die Mähne umkrallt.

Das schwarze Pferd, das ihm den Weg abgeschnitten hatte, war jetzt genau vor ihm. Sein Reiter ließ sich zurückfallen, rammte Marks Tier und stob davon.

Mark hatte das Gefühl, sein Arm würde gleich abreißen. Er schrie sein Tier an, dass es anhalte, aber es rannte nur noch schneller und stieß Mark bei jedem Schritt die Hufe in die Seite.

Mit seiner freien Hand suchte Mark die Zügel. Endlich bekam er sie zu fassen und zerrte so lange daran, bis sein Pferd schließlich schwer keuchend stehen blieb.

Das Rennen war noch voll in Gang. Mark zog sich wieder aufs Pferd und trieb es mit Fußtritten an. Reiter überholten ihn zu beiden Seiten. Vor ihm war der Sandblütenbaum mit Tybor, der eilig die Pagomafrüchte austeilte.

Mark brachte sein Pferd zum Stehen und wartete, bis er an der Reihe war. Der Schmied streckte ihm eine gelbe Frucht entgegen und Mark klemmte sie sich am schmalen Ende zwischen die Zähne. Das Rennen war für ihn verloren, aber wenigstens wollte er nicht Letzter werden.

Er schrie auf sein Pferd ein und stieß es mit aller Kraft in die Seite. Das graue Tier raste über die Rennstrecke, holte bis zum Schlussfeld auf und schob sich langsam nach vorn.

In der Ferne sah Mark Dagon auf dem Zaun. Kurz vor dem Feld mit den letzten Reitern ging sein Grauer über die Ziellinie.

Mark entdeckte Sarbo. Er spuckte die Pagoma aus und ritt im Schritt auf ihn zu. »Schätze, du hast mich geschlagen. Soll ich dir die Kette gleich geben?«

Sarbo breitete die Arme aus und sagte: »Nichts wäre mir lieber. Aber leider ist mir die Frucht aus dem Mund gefallen und ich bin disqualifiziert worden. Also habe ich die Wette verloren.«

Mark schüttelte den Kopf. »Sagen wir, unentschieden.«

Der letzte Reiter ging durch das Ziel und Dagon rief den Sieger aus. Sarbo verzog verächtlich das Gesicht. »Ha, hast du das gesehen? Der Sieger ist Narqua. Den habe ich um Längen geschlagen. Hätte ich nur nicht die Frucht kurz vor dem Ziel verloren.«

Die Zuschauer jubelten dem Sieger zu und gratulierten ihm. Dagon klopfte ihm auf die Schulter und krönte ihn mit einem Blätterkranz.

Einige Pferde trabten zum Dorf zurück. Ein großes schwarzes fiel Mark besonders ins Auge.

»Sarbo. Wer ist der Reiter von diesem Schwarzen?«

»Keine Ahnung. Er ist nicht von hier. Der Merkon hat ihn mitgebracht. Warum fragst du?«

»Beim Rennen kam es mir vor, als stieße mich jemand

vom Pferd. Und als ich herunterfiel, versuchte dieser Reiter mich niederzutrampeln.«

Sarbo schüttelte den Kopf. »Das war dein erstes Rennen, Kakon. Ich habe schon manchen übermütigen Reiter erlebt. Einmal ist ein Reiter sogar zu Tode geschleift worden. So etwas kann passieren. Das darfst du nicht persönlich nehmen.«

»Es ging alles so schnell, wahrscheinlich hast du Recht. Aber was könnte mich vom Pferd gestoßen haben?«

Sarbo lachte. »So wie du reitest, könnte es eine Feder gewesen sein.«

»Sehr witzig.« Mark stieß seinem Pferd die Fersen in die Seite. »Willst du beim nächsten Kampf wieder mit mir wetten?«

»Sei vorsichtig, Kakon. Das nächste Mal hast du vielleicht nicht so viel Glück.«

Kapitel 33

Das nächste Spiel erinnerte Mark an eine Art Football. Nur dass die Tsook statt eines Balls einen Schweinekopf benutzten und jeder für sich kämpfte. Sieger war, wem es gelang, den Kopf aus einer etwa siebzig Meter vom Start entfernten Holzschale zu holen und in einen Kreis in der Mitte des Spielfeldes zu bringen ohne ihn sich von jemandem wegnehmen zu lassen.

Vom Pferderennen tat Mark noch alles weh, deshalb machte er nur halbherzig mit. Ihm fiel auf, dass Megaan auch diesmal nicht unter den Zuschauern war.

Der Erste, der den Kopf zu fassen bekam, ließ ihn fallen. Sofort nahm ein anderer ihn auf. Die Spieler jagten den zweiten Mann, bis dieser stolperte und der Kopf zu Boden rollte. Sarbo griff danach und rannte in den Kreis zurück. Ein anderer Spieler versuchte ihm den Kopf abzunehmen, Fleischfetzen flogen durch die Luft.

Sarbo ließ den Kopf nicht los. Zwei Männer griffen ihn an und warfen ihn zu Boden, worauf die anderen sich auf ihn stürzten.

Als Dagon den letzten Spieler weggezogen hatte, lag Sarbo zusammengerollt mit den Überresten des Schweinekopfs auf dem Boden. Dagon erklärte ihn zum Sieger.

Kurz darauf traf Sarbo Mark an einem der Esstische. »Dein Glück, dass du diesmal nicht mit mir gewettet hast, Kakon. Wie ich vorausgesagt habe, bin ich Sieger geworden.«

»Wenn dich der Gestank nach verfaultem Schweinehirn zum Sieger macht, magst du schon Recht haben.«

Sarbo holte tief Luft. »Ach, das meinst du. Ich sollte mich vielleicht wirklich waschen. Sag ihnen, dass sie mit den Spielen erst weitermachen sollen, wenn ich zurück bin.«

Mark nahm sich ein Stück Brot. Versonnen kaute er darauf herum. Merkwürdig, dass keiner von Merkons Männern an dem Spiel teilgenommen hatte.

»Nachher gibt es noch mehr Spiele, Kakon«, rief Barow und rannte zu ihm. »Machst du beim Büffelreiten mit?«

»Klingt ein bisschen riskant für mich.«

»Ich weiß, du tust nur so. Du hast vor nichts Angst.«

»Wer sagt denn so etwas?« Mark schluckte einen Bissen Brot hinunter. »Ich bekomme Angst wie jeder andere.«

»Nein, nicht wie jeder andere. Wenn ich Angst bekomme, suche ich mir ein gutes Versteck.«

»Das habe ich auch schon gemacht. Apropos verstecken, wo ist eigentlich deine Schwester? Ich habe sie schon den ganzen Tag nicht gesehen.«

»Sie fühlt sich nicht gut. Vorhin lag sie noch auf ihrer Schlafmatte. Es muss ihr ziemlich schlecht gehen, ich glaube, sie hat sogar geweint. Vielleicht hat sie gestern Abend etwas Schlechtes gegessen.«

»Ach wirklich?« Mark steckte sich das restliche Brot in den Mund und ging.

»Wohin gehst du, Kakon? Das nächste Spiel beginnt gleich.«

»Tu mir einen Gefallen und sag ihnen, dass sie auf Sarbo warten sollen.«

»Und was ist mit dir?«

»Ich glaube, das nächste Spiel lass ich ausfallen. Beeil dich, Sarbo würde sich ärgern, wenn sie ohne ihn beginnen würden.«

Mark ging zu Dagons Hütte und klopfte. Megaans Großmutter öffnete die Tür.

»Hallo, Kakon. Dagon ist nicht da. Wahrscheinlich ist er beim Büffelgehege und sucht gerade einen Bullen für das Spiel aus.«

»Ich bin nicht wegen Dagon hier. Ich habe gehört, Megaan sei krank.«

»Er soll hereinkommen, Großmutter«, rief Megaan.

Mark trat ein. Megaan saß am Tisch und schälte Bohnen. Er lächelte. »Krank siehst du nicht aus ...«

Megaan sah ihn finster an. »Was willst du?«

»Ich? Nichts. Ich wollte nur nach dir sehen. Barow sagte, du seist krank.«

»Was geht dich das an?« Megaan knackte eine der harten, orangefarbenen Schalen auf. »Du gehst doch sowieso bald wieder in den Urwald. Was kümmert es dich, wenn ich krank bin?«

»Ach so, daher weht der Wind. Du bist immer noch böse auf mich. Aber du irrst dich. Ich gehe nicht in den Urwald. Zumindest nicht sofort. Morgen breche ich mit dem Merkon nach Trisad auf, wo er einen Schamanen kennt.«

Megaan legte die Bohnen aus der Hand. »Der Merkon? Warum macht er das?«

»Vielleicht hast du ihm etwas erzählt.«

»Wovon redest du überhaupt?«

»Der Merkon weiß alles über meine Vergangenheit und meine Suche nach dem Licht. Du und Leeta seid die Einzigen, die davon wissen.«

»Dann muss sie es gewesen sein«, stotterte Megaan. »Ich habe niemandem davon erzählt.«

»Außer mir.« Megaans Großmutter ließ sich auf der Bank nieder. »Ich habe dem Merkon davon erzählt. Er hat bei uns übernachtet und mich über dich ausgefragt. Ich dachte, es macht nichts, wenn er es weiß.«

»Großmutter«, rief Megaan vorwurfsvoll.

»Mach dir keine Sorgen«, beruhigte Mark sie. »Ich glaube, du hast mir sogar einen Gefallen getan. Der Merkon möchte mir helfen. Er bringt mich zu einem Schamanen, der das Licht gesehen hat.«

»In Trisad gibt es keinen Schamanen«, sagte Megaan. »Vielleicht hast du dich verhört.«

»Nein. Ich bin sicher, er sagte Trisad.« Mark fingerte an einer Bohnenschale. »Wenn ich herausgefunden habe, wo das Licht ist, komme ich vielleicht noch einmal zurück, bevor ich wieder in den Urwald gehe.«

»Wie du willst«, erwiderte Megaan achselzuckend.

Mark ging zur Tür. »Ich hoffe, du kommst zur Kriegerweihe heute Abend, wenn du dich besser fühlst, Megaan.«

»Vielleicht.«

»Bitte.«

Sie sah zu ihm auf und lächelte leise. »Vielleicht ...«

Kapitel 34

Sarbo gewann das Büffelreiten und das Axtwerfen. Es war wieder Abend und die Fackeln wurden angezündet. Die Tische waren kreisförmig um ein großes Feuer gestellt worden, Essen wurde aufgetragen und die Dorfbewohner strömten herbei, um dem Initiationsritus beizuwohnen.

Mark hatte sein neues weißes Ledergewand an. Ihm wurde ein Platz am obersten Tisch zwischen Dagon und dem Merkon zugewiesen. Als alle Platz genommen hatten, stand Dagon auf und bat Mark ihm in die Mitte des Kreises zu folgen.

Dagon erhob die Hände. »Tsook, seht diesen jungen Krieger, der sich auf dem Feld der Schlacht bewiesen hat. Er hat unserem Volk die Treue erwiesen und sein Leben für uns eingesetzt.«

Donnernder Jubel brach los. Mark ließ seinen Blick über die Zuschauer schweifen. Megaan war nicht dabei.

Dagon fuhr fort. »Die Tsook sind das wahre Volk. Uns ist Transall überantwortet. Kakon hat bewiesen, dass auch er unsere Herrschaft bewahren will. Wird er aufgenommen, schwören die Tsook ihm Treue bis in den Tod. Nimmt er die Tsook als sein Volk an, verspricht er ihnen Treue bis in den Tod.«

Es wurde merkwürdig still. Mark wartete gespannt. Er wusste nicht, was als Nächstes geschehen sollte.

Dagon zog ein kleines Jagdmesser aus der Scheide an

seinem Gürtel. »Kakon, ist es immer noch dein Wunsch, als Krieger des wahren Volkes der Tsook anerkannt zu werden?«

Mark nickte.

Dagon ergriff Marks linke Hand und machte mitten in die Handfläche einen Schnitt. Mark krümmte sich vor Schmerz, als das warme Blut an seinen Fingern herabtropfte.

»Wer unter euch möchte Kakon als Tsook und Krieger von Transall willkommen heißen?«

Es kam Bewegung in den Kreis und Sarbo trat hervor. »Lasst mich der Erste sein.« Dagon machte den gleichen Schnitt in Sarbos Hand und dann ergriff der große, kräftige Mann Marks blutende Hand und schüttelte sie heftig. »Ich gelobe alles zu tun, um dich als Tsook zu beschützen, Kakon.« Sarbo trat beiseite und hinter ihm sah Mark zu seiner Überraschung eine lange Schlange von Männern, die darauf warteten, ihm ihre Treue zu geloben.

Mark spürte einen Kloß im Hals. Als Letzter legte Dagon sein Gelübde ab. Der Häuptling schnitt sich in die eigene Hand. »Ich bin davon überzeugt, dass deine Anwesenheit hier kein Zufall ist, Kakon. Du bist für Großes auserwählt. Ich freue mich heute für dich, als seist du mein eigener Sohn.«

Sarbo eröffnete den Tanz. Im Rhythmus der Trommeln bewegte er sich um das Feuer. Die anderen schlossen sich an, bald war kaum noch Platz zum Stehen. Mark blickte sich an den fast leeren Tischen um. Er entdeckte Leeta, die dabei war, Barow nach Hause zu bringen, Megaan aber war nirgends zu sehen. Na schön, dachte er bei sich, dann ist sie eben nicht gekommen. Er mischte sich unter die Tänzer und versuchte einfach nicht an sie zu denken.

Das Tanzen zog sich stundenlang hin. Endlich ergriff Dagon wieder das Wort und kündigte den letzten Teil der Zeremonie an.

»Kakon, würdest du bitte wieder Platz nehmen. Die Bewohner des Dorfes möchten dir Geschenke überreichen und so ihre Freundschaft und Achtung zeigen.«

Dagon zog etwas unter seinem Umhang hervor. »Diese Armbrust soll dir gehören.«

»Aber die hast du doch gerade erst fertig gestellt«, protestierte Mark. »Du hast sehr viel Arbeit damit gehabt.«

»Sie ist mein Geschenk an dich, Kakon, mögest du viele unserer Feinde damit töten.«

Tybor trat hervor. »Dies ist mein Geschenk, Kakon. Ich bin endlich damit fertig, schau nur.« Er überreichte Mark den Brustpanzer und den Helm. »Wie findest du es?«

Mark probierte den Helm aus. »Passt genau, Tybor. Du bist ein Genie.«

Der Merkon richtete sich auf und befühlte den Brustpanzer. »Hervorragende Arbeit, Schmied. Woher weißt du, wie so etwas gemacht wird?«

Tybor sah Mark an. »Der Kakon hat mir genaue Anweisungen gegeben. Er ist sehr weise.«

»Das scheint mir auch.«

»Aus dem Weg, Tybor. Du bist nicht der Einzige, der ein Geschenk hat.« Sarbo schob sich nach vorn. »Hier ist mein Geschenk.« Er überreichte Mark sein neues Schwert.

Vorsichtig nahm Mark es entgegen. »Ich weiß nicht, was ich sagen soll. Das ist ein ganz besonderes Geschenk, Sarbo.«

Sarbo winkte ab. »So wie du kämpfst, habe ich gedacht, dass ein gutes Schwert nur von Vorteil sein kann.«

Der Merkon klatschte in die Hände. »Auch ich habe ein Geschenk für dich, Kakon.« Einer der Männer führte das muskulöse, silbergraue Reittier des Merkon in die Kreismitte. »Dieses Pferd stammt aus der vornehmsten Zucht in ganz Transall. Es soll dir gehören.«

Mark ging um den Tisch herum und ergriff die Zügel. »Das ist ein wunderbares Geschenk. Ich danke dir, Merkon.«

Das Tier schnaubte und tänzelte seitwärts. Mark streichelte seinen Hals. »Wir beide werden gute Freunde sein.«

Nun brachten die übrigen Dorfbewohner ihre Geschenke herbei und legten sie zu seinen Füßen. Alles Erdenkliche, von Essbarem bis zu Decken, häufte sich vor ihm auf. Mark bedankte sich bei jedem Einzelnen.

Barow kam herbeigerannt und rief außer Atem: »Ich habe auch ein Geschenk für dich, Kakon. Habe ich nicht selbst gemacht, aber du wirst es trotzdem mögen.«

»Wenn es von dir kommt, bestimmt.«

Barow überreichte ihm ein mit einer Ranke zusammengebundenes Stück Kaninchenhaut. »Schau hinein, Kakon.«

Mark wollte es gerade auseinander falten, als Leeta dazukam. »Ach, hier bist du, Barow. Deine Großmutter ist sehr verärgert, weil du dich aus dem Haus geschlichen hast. Du solltest längst schlafen.«

Mit gesenktem Kopf erwiderte Barow: »Ich wollte Kakon doch auch ein Geschenk überreichen.«

»Kann er nicht noch eine Minute bleiben?«, bat Mark.

Leeta schüttelte den Kopf. »Wir bekommen beide Ärger, wenn ich ihn nicht sofort nach Hause bringe.«

Mark beugte sich zu Barow hinunter. »Weißt du was? Ich warte mit dem Auspacken bis morgen, dann kannst du mir dabei zusehen, okay?«

»In Ordnung«, schmollte Barow. Er ließ sich von Leeta an die Hand nehmen, rief im Fortgehen aber noch über die Schulter: »Nicht vergessen, Kakon.«

»Bestimmt nicht.« Mark winkte ihm nach.

Sarbo schwankte auf ihn zu. »Der Tanz hat wieder begonnen. Komm schon, Kakon. Mal sehen, ob du wenigstens tanzen kannst.«

»Ich glaube, du hast zu viel Beerenwein getrunken, Sarbo. Das Tanzen überlass mal lieber den jüngeren Männern.«

»Den jüngeren Männern«, schimpfte Sarbo. »Ich werde dir schon zeigen ...« Rücklings fiel er auf einen der Tische und setzte sich auf eine Bank. »Ich werde dir schon zeigen, dass ... du vielleicht doch Recht hast.«

Kapitel 35

Mark war früh auf den Beinen und packte seine Sachen für die Reise. Die Decken, die er geschenkt bekommen hatte, rollte er als Bettzeug zusammen und in einem Lederbeutel verstaute er einen Teil der getrockneten Lebensmittel.

Die Geschenke waren auf dem Tisch ausgebreitet. Die lederne Feldflasche füllte er mit Wasser, dann besah er sich staunend die übrigen Geschenke. Ein Mann hatte ihm einen Korb mit Saatgut für seinen neuen Acker geschenkt. Wie einfach wäre es, hier zu bleiben und den Dingen ihren Lauf zu lassen.

Er probierte den Helm und den Brustpanzer an, steckte das Schwert in den Gürtel und nahm die Armbrust. Er kam sich vor wie ein König. Alles, was er je brauchen würde, besaß er jetzt.

Mark brachte seine Habseligkeiten nach draußen und lud sie auf sein neues Reittier. Das Dorf war schon hellwach. Aus einigen Häusern stieg dünner Rauch und hier und da roch es nach Essen.

Sarbo kam auf seinem kräftigen Braunen auf ihn zugetrottet. »Gerade habe ich es erfahren, Kakon. Dagon sagt, dass du schon heute fortgehst dich zu beweisen.«

»Wenn du es so nennen willst. Der Merkon nimmt mich mit nach Trisad. Dort lebt ein alter Schamane, den ich unbedingt sprechen möchte.«

Sarbo kratzte sich am Kinn. »Trisad? Ich hatte keine Ahnung, dass dieser heruntergekommene Ort überhaupt noch existiert. In dieser Gegend war ich schon jahrelang nicht mehr. Vielleicht begleite ich dich ein Stück.«

Mark sah ihn misstrauisch an. »Warum solltest du? Hat Dagon das angeordnet?«

Sarbo klopfte sich mit seinen mächtigen Pranken auf die Brust. »Ich bin ein Tsook. Ich gehe, wohin es mir beliebt. Außerdem würde ein Bürschchen wie du ohne den Schutz eines richtigen Kriegers niemals die Wüste überleben.«

Mark seufzte. »Um die Wahrheit zu sagen, Sarbo, ich wäre froh, wenn du mitkämst. Aber nicht, weil ich deinen Schutz brauche, sondern weil der Merkon und seine Männer mir so unheimlich sind.«

»Also abgemacht. Ich komme wieder, sobald ich meine Sachen gepackt habe.« Sarbo gab seinem Pferd einen Klaps mit der Peitsche und trabte die Straße hinunter, wo ihm der Merkon mit sechs seiner Männer begegnete.

Mark sah ihnen entgegen. »Ich bin fast fertig, Merkon. Wo sind deine anderen Männer?«

Der Merkon reichte einem seiner Leute die Zügel und stieg vom Pferd. »Wir nehmen einen anderen Weg zurück. Ich habe einige Männer als Kundschafter vorausgeschickt. Sie werden später zu uns stoßen.«

Der Merkon ging um Mark herum und überprüfte dessen Ausrüstung. »Du könntest einer aus meinem Gefolge sein. Wenn du in Trisad nicht findest, was du suchst, vielleicht möchtest du dann wirklich für mich arbeiten?«

Mark vermied eine Antwort. »Ein Freund von mir begleitet uns. Ich hoffe, das ist euch recht.«

Der Merkon antwortete kühl: »Es ist nicht nötig. Meine Männer werden ganz für dich da sein. Sie werden dich überallhin begleiten, wohin du willst. Es wird dir nichts geschehen.«

»Das weiß ich zu schätzen. Aber wenn es euch nichts ausmacht, würde mein Freund gerne mitkommen. Er war schon lange nicht mehr in Trisad.«

»Mark.« Leeta winkte ihm zu. »Barow kommt jetzt und möchte zuschauen, wie du sein Geschenk auspackst.«

Fast hätte Mark das kleine Kaninchenfell vergessen. Es lag noch immer drinnen auf dem Tisch.

Barow rannte herbei. »Megaan hat auch noch ein Geschenk für dich.«

Mark blickte auf. Hinter Barow und Leeta ging Megaan. Sie trug etwas unter dem Arm. Als sie bei ihm ankam, streckte sie Mark ihr Geschenk hin und sagte: »Ich hatte etwas Zeit übrig, da habe ich die hier für dich gemacht.«

Mark nahm ein Paar kniehoher Mokassins entgegen. »Vielen Dank, Megaan. Ich habe schon so lange keine Schuhe mehr angehabt.« Er probierte einen an. »Passt genau. Woher wusstest du, welche Größe ich habe?«

»Sie hat deine Fußspuren im Sand ausgemessen«, antwortete Barow eifrig.

Mark zog den zweiten Schuh an. Er fühlte sich weich und zugleich eigenartig an. Es war fast drei Jahre her, dass er seinen Wanderstiefel im Urwald verloren hatte. Seine Füße waren hart und schwielig geworden.

Er ging ein paar Schritte auf und ab. »Jetzt habe ich wirklich alles.« Er wandte sich Megaan zu. »Vielen, vielen Dank. Gestern Abend habe ich dich vermisst ...«

»Ich musste noch an den Schuhen arbeiten.«

»Das ist wirklich ein wunderbares Geschenk. Nochmals vielen Dank.« Einen Moment lang blickten sie sich tief in die Augen.

»Und jetzt kommt mein Geschenk, Kakon«, forderte Barow und zog ihn zur Hütte.

»Ja«, sagte Mark. »Kommt alle herein und seht euch das wunderbare Geschenk meines kleinen Freundes Barow an.«

Leeta und Megaan folgten ihnen in die Hütte. Der Merkon stand in der Tür.

Mark ließ sich am Tisch nieder und nahm das Kaninchenfell zur Hand. »Siehst du all diese Dinge, Barow?«

Der kleine Junge nickte.

»Ich möchte, dass du darauf aufpasst, während ich fort bin. Und ich muss dich um noch einen Gefallen bitten. Könntest du mein graues Pferd übernehmen? Es braucht einen guten Herrn und ich kann es doch jetzt nicht mehr gebrauchen. Würdest du das für mich tun?«

Barow sah ihn mit großen Augen an. »Meinst du das wirklich? Ich darf den Grauen behalten?«

»Ja, wirklich. Aber nur, wenn du auch gut für ihn sorgst.«

»Bestimmt, Kakon. Du kannst dich auf mich verlassen.«

»Gut. Und jetzt wollen wir mal sehen, was das sein könnte.« Mark durchschnitt die Schnur und faltete das Fell auseinander.

Darin lag ein Stück bläuliches Glas. Mark staunte. Er hatte keine Ahnung gehabt, dass diese Menschen Glas herstellen konnten. Er drehte es hin und her und entdeckte auf der Unterseite eine Inschrift:

PRODUCT OF COCA COLA INC.

Kapitel 36

Er war auf der Erde.

Es war unglaublich, es erschien geradezu unmöglich. Natürlich, Mark hatte schon daran gedacht – die Ähnlichkeit der Menschen mit den Erdbewohnern, die Ähnlichkeit der Pflanzen, der Tiere. Aber dann hatte er überlegt, dass das Leben auf bewohnten Planeten sich wahrscheinlich mehr oder weniger überall gliche – alles war irgendwie aus Sternenstaub entstanden. Er war überzeugt gewesen auf einem fremden Planeten gelandet zu sein.

Jetzt aber gab es keinen Zweifel mehr. Wie benommen von dieser neuen Erkenntnis, ritt er neben Merkons Männern her und achtete kaum auf den Weg.

Am Tag zuvor hatte er seine Abreise nach Trisad verschoben und Barow, Dagon und einige der älteren Dorfbewohner befragt. Zuerst waren sie nicht besonders hilfreich gewesen. Ihre Welt hieß Transall und die Beschriftung auf dem merkwürdigen Glasstück interessierte sie nicht.

Dann erzählte Barow ihm von den anderen beschrifteten Fundstücken, die die Dorfbewohner im Lauf der Jahre gesammelt hatten. Barow war der Erste, der lesen gelernt hatte, bis dahin waren die fremdartigen Zeichen für Symbole früherer Stämme gehalten worden.

Mark wollte sich die Gegenstände unbedingt ansehen.

Man brachte ihm ein schmales, gerades Rohr aus einem unzerbrechlichen, durchsichtigen Material, auf dem die Buchstaben *U.S.A.F.* eingraviert waren, ein großes, unförmiges Stück Stahl, das er nicht zuordnen konnte, bis er den Schmutz abkratzte und die Wörter *General Motors* las. Eine Frau besaß die Hälfte einer weißen Glasschüssel, auf deren Boden der Name *Pyrex* stand. Ein alter Mann zeigte ihm einen Messingknauf, auf dessen Unterseite *Made in Japan* eingeprägt war, den er als Griff an seinen Spazierstock angebracht hatte.

Mark war jetzt noch begieriger darauf, den Schamanen zu sprechen. Sollte er durch eine Art Zeitstrahl in die ferne Zukunft katapultiert worden sein, musste er unbedingt erfahren, wie er wieder zurückkommen konnte.

In seinem Kopf schwirrten unzählige Fragen. Was war mit der menschlichen Zivilisation und ihren technologischen Errungenschaften geschehen? Wo waren die Städte mit ihren Milliarden von Bewohnern geblieben? Und wodurch war die Mutation der Pflanzen, Tiere und Menschen hervorgerufen worden?

Was auch immer passiert sein mochte, überlegte Mark, es musste eine Katastrophe gewesen sein. Die Tsook befanden sich auf einer frühgeschichtlichen Entwicklungsstufe, die Pfeilmenschen auf einer noch früheren und die Rawhaz waren kaum von wilden Tieren zu unterscheiden.

Mark ließ sich bis ans Ende der Reitergruppe zurückfallen. Die Männer des Merkon schwiegen, ließen ihn aber nicht aus den Augen. Sarbo ritt einen Bogen, bis er neben Mark hertrabte.

»Was geht dir durch den Kopf, Kind? Du bist schon den ganzen Tag so merkwürdig.«

»Das ist eine lange Geschichte. Vielleicht würdest du

sie mir gar nicht glauben, wenn ich sie dir erzählte«, erwiderte Mark und sah seinen großen Freund an, auf dessen breitem, dunklem Gesicht sich ernsthafte Sorge abzeichnete.

»Sarbo, hast du jemals von einem Zauberlicht gehört, das stärker ist als ein Blitzstrahl? So stark, dass es Menschen durch die Zeit schleudern kann?«

Nachdenklich strich sich Sarbo über seinen gestutzten schwarzen Bart. »Ist es das, wonach du suchst? Nach diesem Licht?«

Mark senkte seine Stimme und wählte sorgfältig seine Worte. »Mit diesem Licht bin ich nach Transall gekommen. Ich gehöre einer Zeit an, die Hunderte, nein, wahrscheinlich Tausende von Jahren zurückliegt.«

Sarbo sah ihn erstaunt an und Mark sprach schnell weiter. »Ich weiß, es klingt verrückt, ich konnte es selbst kaum glauben. Aber jetzt habe ich den Beweis. Das Glas mit der Inschrift, das Barow mir geschenkt hat, gehört zu meiner Zeit. Ebenso die anderen alten Fundstücke, die mir gestern gebracht worden sind.«

»Es stimmt, du bist anders als wir. Das ist nicht zu übersehen.« Sarbo schwieg und warf einen Blick zur Spitze der Reitergruppe. »Dagon hat das gleich gemerkt. Es hat noch einen anderen gegeben, der ...« Er unterbrach sich.

»Einen anderen?«, fragte Mark. »Du meinst, du hast schon einmal jemanden gesehen, der aussah wie ich?«

»Ja, ich –«

Ein Pfeil bohrte sich in die Flanke von Sarbos Pferd. Das Tier schrie, bäumte sich auf und ruderte wild mit den Vorderbeinen. Weitere Pfeile schwirrten heran und spickten den Boden.

»Zum Wald, Kakon!« Sarbo wendete sein Pferd und scherte rechts aus. Ein Pfeilregen flog aus den umliegenden Bäumen auf sie zu.

»Wir müssen zurück«, schrie Sarbo. »Mir nach, Kakon!«

Mark riss sein Pferd herum und raste mit donnernden Hufen hinter Sarbo her.

Plötzlich verließ Sarbo den Pfad und Mark folgte ihm durch das tiefe, rote Gras in den Wald hinein.

Im Schutz der Bäume glitt Sarbo vom Pferd und drehte geschickt den Pfeil aus der Flanke. Blut quoll hervor und strömte am Bein des Tieres herab. Sarbo goss etwas Wasser auf die Erde und rührte eine Schlammpackung an, während Mark mit gezücktem Schwert den Waldrand bewachte.

Sie hörten Schreie, aber die Angreifer kamen nicht näher. Sarbo legte den Finger an die Lippen und bedeutete Mark leise zu sein. Auch als es schließlich still geworden war, hielten sie sich weiter zwischen den Bäumen versteckt.

Nach fast einer Stunde sprach Sarbo endlich: »Das war ein Hinterhalt. Die Angreifer haben uns aufgelauert, Kakon.«

»Wie kommst du darauf?«, flüsterte Mark. »Niemand konnte wissen, dass der Merkon nach Trisad reitet. Er hat es gestern erst beschlossen.«

»Ich bin ganz sicher. Komm, wir sehen nach, ob es Überlebende gibt.«

Sarbo untersuchte die Wunde an seinem Pferd. Der Schlamm hatte die Blutung gestoppt. Er setzte auf und ritt vorsichtig ins Freie. Mark holte auf und lauschte angestrengt nach fremden Geräuschen. Als sie den Ort des

Überfalls erreichten, fanden sie drei von Merkons Männern tot am Boden liegen.

»Der Merkon muss davongekommen sein«, rief Mark. »Zumindest haben sie ihn nicht hier getötet.« Er drehte sich zu Sarbo um und sah, wie dieser einen der Toten untersuchte. »Was ist? Hast du etwas entdeckt?«

»Vielleicht.« Sarbo brach einen Pfeil ab, der im Hals des Mannes steckte, und zeigte ihn Mark. »Erkennst du ihn wieder?«

»Rawhaz«, erwiderte Mark finster. »Ich hätte nicht gedacht, dass sie planvoll vorgehen. Ein organisierter Hinterhalt passt nicht zu ihnen.«

»Das ist wirklich nicht ihre Art. Wenn sie auf Feinde stoßen, schlagen sie sich bis zum bitteren Ende. Nicht die Rawhaz haben uns heute überfallen. Schau dir genau die Zeichnung auf dem Pfeil an. Sie ist ganz flüchtig aufgetragen. Die Rawhaz geben sich mit der Verzierung ihrer Waffen große Mühe. Und außerdem sammeln sie alles Mögliche. Sie würden diese Schwerter und Armbrüste niemals liegen lassen. Nein, wer diese Toten findet, soll glauben, es seien Rawhaz gewesen. Aber sie waren es nicht.«

Kapitel 37

Sie folgten der Spur des Merkon. Anscheinend war er von einer mehrere Dutzend Männer zählenden Gruppe von Kriegern gefangen genommen worden. Nach vier oder fünf Kilometern verlor sich die Spur im Dickicht des Waldes.

Als es dunkel geworden war, schlug Sarbo an einer geschützten Stelle das Nachtlager auf. Er erneuerte die Schlammpackung auf der Wunde des Reittiers, dann ließen sie sich nieder und entschieden kein Feuer anzumachen, solange sie nicht sicher waren, ob ihnen noch Gefahr drohte.

Mark biss ein Stück vom harten Brot ab, kaute darauf herum und schluckte. »Wer sich wohl die Mühe gemacht hat den Überfall den Rawhaz in die Schuhe zu schieben? Und warum? Hat der Merkon denn Feinde?«

Sarbo streckte sich im Gras aus. »Der Merkon ist ... kein gewöhnlicher Mann. Er allein hat es fertig gebracht, die Tsook zu einem Volk zu vereinen. Aber es gibt doch einige, die ihn ablehnen.«

»Unter den Tsook?«

»Es sind Halbtsook. Vor langer, langer Zeit, als es noch nicht so viele des wahren Volkes gab, nahm ein Stamm der Tsook das gesamte Wüstenvolk der Samatin gefangen. Sie pflanzten sich untereinander fort und ihre Kinder wurden Mischlinge, es waren keine wahren Tsook mehr.«

»Und was hat das alles mit dem Merkon zu tun?«

»Der Merkon verkündete, die Samatin gehörten nicht unserem Volk an. Ihr Land stehe nicht unter dem Schutz der Tsook und dürfe von den wahren Menschen geplündert werden.«

»Auch die Scheinheiligkeit hat auf diesem Planeten überlebt«, murmelte Mark vor sich hin.

»Was hast du gesagt, Kakon?«

Mark schüttelte den Kopf. »Hast du jemals daran gedacht, dass die Samatin Menschen sind wie du und die deinen? Warum sie hassen, nur weil sie eine andere Rasse sind? Und was ist mit mir? Ich bin doch auch kein wahrer Tsook?«

»Aber du hast dir das Recht verdient Tsook zu sein.«

»Wir reden aneinander vorbei.« Mark biss von dem Brot ab und kaute nachdenklich darauf herum. Sarbo hatte ein festgefügtes Weltbild, von dem er nicht abzubringen war. Er beschloss das Thema zu wechseln. »Wie weit ist es bis Trisad?«

»Zwei, vielleicht drei Tage von hier. Es liegt mitten im Totensand. Vor langer Zeit errichtete einer der Stämme dort eine Stadt aus Lehmziegeln. Sie war das Handelszentrum der Karawanen auf dem Weg zum großen Fluss. Aber jetzt ist sie fast zerfallen und es leben nur noch wenige Menschen dort. Menschen, die sich verstecken müssen oder die die Einsamkeit suchen.«

Mark schluckte das letzte Stückchen Brot herunter. »Was, meinst du, wird mit dem Merkon geschehen?«

»Wenn die Rawhaz uns überfallen haben, wird er bereits tot sein. Aber wenn es, wie ich vermute, die Samatin waren, werden sie ihn als Geisel festhalten und Lösegeld verlangen.«

»Sollen wir weiter nach ihm suchen?«

»Wir sollten die Augen nach irgendwelchen Spuren aufhalten. Aber es hat keinen Zweck, sie zu verfolgen. Sie werden über sein Schicksal schon entschieden haben. Morgen machen wir uns auf den Weg nach Trisad.«

Mark lehnte sich zurück. »Wenn dem Merkon etwas zustößt, wer wird dann Oberhaupt der Tsook?«

»Das weiß ich nicht. Der Merkon regiert in der großen Stadt Listra, jenseits des Flusses. Sicher gibt es dort genügend Offiziere, die dieses Amt übernehmen können. Ich habe gehört, er hat einen Sohn. Aber es heißt auch, er habe ganz bewusst niemanden zu seinem Stellvertreter benannt.«

»Vielleicht werden die Samatin den Merkon freilassen, wenn sie ihr Lösegeld bekommen haben, und alles wird gut werden«, sagte Mark. Er stützte sich auf die Ellbogen auf. »Kurz vor dem Überfall hast du mir erzählt, du habest schon einmal einen gesehen, der so aussah wie ich. Jemanden, den du und Dagon kennt. Wer ist das?«

Sarbo räusperte sich. »Wir hatten zuvor noch nie jemanden mit runden Augen, heller Haut und unbedeckten Füßen gesehen. Dann, vor vielen Jahren, kam so einer in unser Dorf. Wie du erwarb auch er sich das Recht ein Tsook zu sein. Er war klug und stark und wurde bald ein mächtiger Krieger.«

»Und wer war das?«

»Der Merkon.«

Kapitel 38

Die stechenden Sonnenstrahlen wurden von den Kristallen im roten Sand reflektiert und trieben Mark den Schweiß über die Stirn. Am liebsten hätte er einen Schluck aus der fast leeren Lederflasche genommen, aber Sarbo hatte ihn ermahnt mit den kargen Wasservorräten äußerst sparsam umzugehen.

Sarbo hatte erzählt, dass mancher, der versucht hatte die Wüste zu durchwandern, nicht mehr nach Haus zurückgekehrt sei. Die einen hätten sich verirrt und seien vor Durst wahnsinnig geworden, die anderen seien einfach verschwunden.

Die Ödnis der Wüste stand in starkem Kontrast zur Berglandschaft oder dem Urwald. Selbst die baumlose Ebene der Rawhaz wirkte dagegen noch einladend. So weit das Auge reichte, war keine Vegetation zu erkennen, nichts außer dem endlosen, roten Sand.

Sarbos Reittier hatte sich von der Verletzung noch nicht ganz erholt und bewegte sich mit steifen Schritten vorwärts. Auch Marks Pferd wollte in der erstickenden Hitze nicht schneller laufen und trottete langsam neben dem anderen her.

Die vergangene Nacht hatten sie bei einem kleinen Wasserloch verbracht, dem einzigen, von dem Sarbo auf dem Weg nach Trisad wusste. Mark nutzte die Zeit Sarbo über den Merkon auszufragen. Wo lebte sein

Stamm? Hatte er gesagt, ob es noch mehr von seiner Art gab?

Sarbo wusste darauf keine Antwort. Er und Dagon hatten als junge Männer den Merkon kennen gelernt und bemerkt, wie sehr er sich von ihnen unterschied. Das war über fünfundzwanzig Jahre her. Über seine Herkunft hatte der Merkon nur gesagt, er käme aus einem Stamm von Eisenhandwerkern, der auf der anderen Seite des großen Wassers lebte.

Mark vermutete, dass damit der Ozean gemeint war. Er fragte Sarbo, ob er den Ozean schon einmal gesehen hätte. Dieser lachte nur und meinte, so etwas gebe es doch überhaupt nicht. Mark zeichnete daraufhin eine ungefähre Weltkarte in den Sand und ritzte sämtliche Berge und Flüsse Nordamerikas ein, die ihm einfielen. Er erklärte Sarbo, wo das Land aufhörte und der Ozean begann. Er erzählte auch von den großen Schiffen, die von einem Kontinent zum anderen fuhren.

Sarbo blieb skeptisch und reagierte erst, als Mark die Rocky Mountains und den Rio Grande einzeichnete. Diese schien er zu erkennen und da wurde der kräftige Mann merkwürdig schweigsam und mürrisch.

Auch jetzt war er nicht sehr gesprächig, was Mark allerdings der Hitze zuschrieb. Kilometer um Kilometer legten sie schweigend zurück.

Mark hatte längst seine Rüstung abgelegt und sie am Hals des Pferdes festgemacht. Die Sonne spiegelte sich in dem blanken Metall, das beim Reiten ständig aneinander schlug. Er überlegte gerade, ob er die Rüstung einfach zurücklassen sollte, als Sarbo sein Pferd abrupt zum Stehen brachte.

»Ich habe mir Gedanken darüber gemacht, was du erzählt hast, Kakon. Diese Geschichte mit dem Licht muss wahr sein. In Transall gibt es niemanden mit deinem Wissen, du bist bestimmt aus einer anderen Welt. Ich werde alles in meiner Macht Stehende tun, um dir die Rückkehr dahin zu ermöglichen.«

»Danke, Sarbo. Ich weiß dein Vertrauen zu schätzen. Du hast mir schon so viel geholfen. Ich weiß, dass ich ohne dich nie so weit gekommen wäre.«

Sarbo deutete nach vorn. »Dort, hinter dieser Erhebung, liegt Trisad. Wenn der Schamane nicht da ist, werden wir so lange weiterreiten, bis wir ihn gefunden haben.«

Mark wischte sich mit dem Ärmel den Schweiß vom Kinn, wobei sein Blick zufällig nach hinten fiel. Er bemerkte eine kleine, rote Staubwolke, die sich schnell auf sie zubewegte.

»Anscheinend bekommen wir Gesellschaft.«

Sarbo drehte sich um, Entsetzen zeichnete sich auf seinem Gesicht ab und er rief: »Samatin. Nur die Samatin können im Totensand so schnell reiten. Los, Kakon. Wir müssen Trisad erreichen, bevor sie uns eingeholt haben.«

Sie schlugen auf ihre Pferde ein und preschten über den Sand, doch die Samatin kamen näher und näher. Ihre Pferde waren klein und flink und bewegten sich ungehindert in dem tiefen Sand. Mark konnte die Umrisse des vordersten Reiters erkennen. Er hatte ein turbanähnliches, weißes Tuch um den Kopf geschlungen und sein weiter Umhang flatterte beim Reiten wie riesige Flügel.

Die Erhebung, die Sarbo ihm zuvor gezeigt hatte, schien immer weiter wegzurücken. Mark trieb sein Tier zu noch schnellerem Lauf an.

Sarbos verwundetes Pferd stolperte und knickte mit dem verletzten Bein ein. Der Krieger wurde hinuntergeworfen und rollte über den Sand. Er rappelte sich auf und rief: »Reit weiter, Kakon. Du kannst es schaffen. Ich versuche sie so lange wie möglich aufzuhalten.«

Mark hielt an und riss sein Pferd herum. »Unsinn, Sarbo. Spring hinter mir auf. Entweder wir beide schaffen es oder keiner von uns.«

Sarbo zögerte, doch dann schwang er sich hinter Mark aufs Pferd. Der Silberrappen drehte sich um und rannte los, auch wenn der Sand und das zusätzliche Gewicht ihm zu schaffen machten.

Die Samatin holten auf. Es waren mehr als zwanzig, die mit kurzen, abgehackten Schreien und Geheul auf sie zusprengten.

Endlich erreichte Mark den Hügel. Unter ihnen lagen die verfallenen Überreste einer alten, aus Lehmziegeln erbauten Stadt. Die Gemäuer waren zerbröselt und zum Teil ganz zusammengebrochen. Er lenkte sein Tier eine steile Sanddüne hinab und passierte die hohe, zerfallene Mauer, die einst die Stadt umgeben hatte.

»Von hier aus können wir uns verteidigen«, sagte Mark und hielt an. Er ergriff Schwert und Armbrust, sprang vom Pferd und rannte hinter die Mauer.

Oben auf der Düne stellten sich die Samatin in einer langen Reihe auf. Sie reckten ihre Krummsäbel hoch und stimmten ein bedrohliches Siegesgeheul an. Ein paar schossen Pfeile ab, die die Mauer jedoch um mehrere Meter verfehlten.

»Was wollen sie? Machen sie sich über uns lustig?«, fragte Mark erstaunt.

Sarbo beobachtete die Samatin durch ein großes Loch

in der Mauer. »Nein. Wenn es stimmt, was ich gehört habe, haben sie Angst.«

»Angst? Wovor? Sie sind uns zehnfach überlegen.«

»Sie haben keine Angst vor dir oder mir. Sie haben Angst vor diesem Ort. In früherer Zeit war Trisad ein wichtiges religiöses Zentrum. Viele Gläubige kamen für heilige Verrichtungen hierher, auch der Glaube der Samatin hat hier seinen Ursprung. Dieser Ort ist für sie unberührbar. Eine heilige Stätte.«

»Du meinst, sie sind abergläubisch? Solange wir hier sind, lassen sie uns in Ruhe?«

»Ja. Aber vergiss nicht, sie sind die Erzfeinde der Tsook. Lebend lassen sie uns hier nicht raus. Sie werden auf uns warten.«

»Darüber können wir uns später noch Gedanken machen.« Mark wandte den schrillen Schreien der Samatin den Rücken zu. »Komm, wir suchen den Schamanen.«

Kapitel 39

Die staubige Hauptstraße Trisads war menschenleer. Das einzige Lebenszeichen war ein zerlumpter, schmutziger Bettler mit einem grauen Bart, der fast bis auf den Boden hing. Er saß in der Nähe eines verfallenen Hauses und als sie vorbeigingen, rief er sie an und bettelte um Brot.

Mark spähte in den dunklen Eingang eines Hauses. Große Ratten huschten über den Boden. Weiter oben in der Straße fiel eine Tür zu. Ein leichter Wind wirbelte roten Staub auf und blies ihn gegen eine verwitterte Hauswand.

Eine magere Frau huschte vor ihnen über die Straße. Auf ihrem Kopf balancierte sie einen Korb. Mark bemerkte die breite Narbe, die sich von ihrer linken Augenbraue bis hinunter zu ihrem Kinn zog.

»Reizendes Städtchen«, sagte er.

»Ich habe dich gewarnt, Kakon. Trisad ist heute eine Zuflucht für Verbrecher und lichtscheues Gesindel. Die Leute hier bleiben unter sich und mögen keine Fremden. Komm, ich kenne einen Mann, der uns mit Essen und Trinken versorgen kann. Wenn der richtige Augenblick gekommen ist, werde ich ihn auf den Schamanen ansprechen.«

Sarbo bog um die Ecke und betrat einen von Knochen und Tonscherben übersäten Hof. Ein pelziges Tier, das aussah wie eine Kreuzung zwischen Hund und Krokodil, zerrte an seiner kurzen Kette und knurrte Marks Pferd an. »Warte hier, Kakon. Ich sehe nach, ob wir willkommen sind.«

Sarbo trat in den Schatten des Hauses. Mark beobachtete, wie er ein paar Lehmstufen hinabging, und dann hörte er sein entschlossenes Klopfen.

»Dem Kurzen Mann einen guten Tag«, rief Sarbo. »Hier draußen in der heißen Sonne steht Sarbo der Krieger.«

Keine Antwort. Mark führte sein Pferd bis oben an die Treppe um besser sehen zu können. Sarbo zuckte die Achseln und klopfte wieder. »Kurzer Mann, ich bin mit einem Freund gekommen. Wir bitten um Essen und ein Nachtlager. Willst du uns etwa abweisen?«

Mit einem Knarren wurde die Tür einen Spaltbreit geöffnet. Eine tiefe Stimme ertönte. »Sarbo? Bist es wirklich du?«

»Mach auf, du alter Dickkopf, bevor ich dir die Tür um die Ohren schlage.«

»Du bist es wirklich. Nur Sarbo hat die Unverfrorenheit dem stärksten Krieger Trisads zu drohen.« Die Tür ging auf und heraus trat ein stämmiger Mann mit geschorenem Kopf und einem Leib wie ein Fass. Schwungvoll legte er seine Arme um Sarbo und schlug ihm auf die Schulter. Dann trat er einen Schritt zurück und sagte grinsend: »Ich habe gehört, du seist in einem Hinterhalt der Rawhaz ums Leben gekommen, du Sohn einer Schlange.«

»Lüge. Alles Lüge«, lachte Sarbo. »Genau wie das Gerücht, du seist ein großer Krieger.«

»Wer ist dein Begleiter?« Kurzer Mann zeigte mit einem Nicken auf Mark. »So einen habe ich noch nie gesehen. Sieht merkwürdig aus.«

»Kümmere dich nicht um sein Aussehen. Er ist ein wahrer Freund und hat ein tapferes Herz und als Kämpfer ist er auch nicht übel. Wir brauchen ein Lager für die Nacht. Kannst du uns aufnehmen?«

Kurzer Mann schrie ins Haus: »Yonk, raus mit dir. Nimm das Pferd und kümmere dich darum.«

Ein schmaler Junge von vielleicht neun oder zehn Jahren mit dreckverschmiertem Gesicht stolperte ungelenk die Treppe hinauf. Er nahm die Zügel von Marks Pferd und führte es weg.

»Tritt ein, alter Freund. Ich habe noch jede Menge Rattenfraß im Topf.« Kurzer Mann führte sie in einen feuchten Keller hinunter.

Der unterirdische Raum hatte keine Fenster. Die einzigen Lichtquellen waren eine Öllampe in der Ecke und eine kleine, runde, aus Lehm gebaute Feuerstelle. Die Einrichtung bestand aus Teppichen, die verstreut auf dem Boden lagen. Sarbo ließ sich nieder und Mark machte es ihm nach.

Kurzer Mann nahm den Deckel von einem großen Topf und schöpfte mit einem ausgehöhlten Kürbis etwas lauwarmes Wasser heraus. Er reichte ihn Sarbo, wartete, bis dieser getrunken hatte, und tat dann dasselbe für Mark.

Etwas an diesem lauten Mann missfiel Mark. Er wusste nicht genau, was es war, aber er fühlte sich nicht wohl in seiner Gegenwart.

Der Junge, der Yonk gerufen wurde, huschte ängstlich in die Stube und verzog sich gleich in eine dunkle Ecke.

Kurzer Mann sah ihn böse an. »Sitz nicht herum, Dummkopf. Schaff Essen für unsere Gäste herbei. Siehst du nicht, dass sie eine lange Reise hinter sich haben und hungrig sind?«

Der Junge ging zu dem über dem Feuer hängenden Topf, schöpfte Suppe in zwei Holzschalen und reichte die eine Sarbo. Dann drehte er sich um, um Mark die andere Schale zu geben. Dabei schwappte etwas Suppe über den Rand und spritzte Mark auf den Fuß.

»Idiot!«, bellte Kurzer Mann. Er hob die Hand und holte zum Schlag aus, als Mark schnell dazwischenging.

»Es ist nichts passiert«, sagte er ruhig, die Hand am Schwertknauf. »Es war ein Missgeschick. Müh dich nicht diesen Sklaven meinetwegen zu züchtigen.«

Yonk sah ihn ängstlich an. Schweigen erfüllte den Raum.

Endlich lenkte Kurzer Mann ein. »Du hast Recht, Sarbo. Dein merkwürdig aussehender Freund ist sehr tapfer. Oder aber sehr töricht.«

»Er ist jung.« Sarbo wischte den Zwischenfall mit einer Bewegung seiner Hand beiseite. »Wir wollen von anderen Dingen reden.«

»Ja.« Kurzer Mann setzte sich wieder. »Lass hören, was dich in diese verlassene Gegend verschlagen hat. Oder wolltest du etwa nur einen alten Freund besuchen?«

»Nun.« Sarbo nahm einen Schluck von der heißen Suppe. »Wenn du das glaubst, hat dir die Hitze das Gehirn verdorrt. Nein, wir suchen jemanden. Einen Schamanen, der hier in Trisad leben soll.«

»Einen Schamanen?« Kurzer Mann schlug sich auf die Knie. »Das soll wohl ein Witz sein?«

Mark wollte antworten, doch Sarbo hob warnend die Hand und fuhr fort: »Uns wurde berichtet, dass hier ein Schamane lebt, der Kenntnis von fremden Mächten hat.

Der außergewöhnliche Dinge gesehen hat und uns bestimmte Informationen geben kann.«

»Ich weiß nicht, wer dir das gesagt hat, mein Freund.« Kurzer Mann musste immer noch kichern. »Aber ihr seid zum Narren gehalten worden. Ihr seid diesen weiten Weg umsonst gekommen. Hier gibt es keinen Schamanen und hat es nie gegeben.«

»Vielleicht ist er kein Schamane«, sagte Mark. »Vielleicht haben wir das missverstanden. Vielleicht lebt hier jemand, der früher einmal Medizinmann war, jemand, der etwas über die Vergangenheit weiß?«

»Pah. Wen interessiert das schon?« Kurzer Mann beugte sich vor. »Und jetzt sag mir, warum du wirklich hier bist, Sarbo. Bist du auf der Flucht? Planst du einen Überfall? Wenn die Beute sich lohnt, könnte ich mich überreden lassen mitzumachen.«

Sarbo zögerte kurz, dann sagte er: »Ich wusste, dass du dich nicht an der Nase herumführen lassen würdest, Kurzer Mann.« Er setzte seine Schale auf dem Boden ab. »Tatsächlich waren wir auf einem Erkundungsritt, als wir auf Samatin stießen und ich mein Pferd verlor. Wir sind hierher gekommen, um ein neues Reittier zu beschaffen.«

Kurzer Mann rieb seine dicken Hände aneinander. »Ein Handel? Was hast du zu bieten?«

»Darüber wollen wir morgen früh sprechen. Ich bin sehr müde. Wenn wir uns ausgeruht haben, können wir handeln.«

Kurzer Mann öffnete die Tür. »Natürlich, wie konnte ich das vergessen? Yonk, führ unsere Gäste zum Stall. Morgen, wenn sie ausgeschlafen haben, geht das Feilschen los.«

Kapitel 40

»Wacht auf, Herr.«

Mark spürte ein leichtes Rütteln an der Schulter. Er riss die Augen auf. Neben ihm kniete Yonk. Der Junge legte die Finger auf die Lippen und winkte Mark nach draußen.

Es war stockfinster und Mark konnte dem Jungen kaum folgen, der ihn durch eine schmale Gasse und dann in ein verlassenes Lagerhaus führte.

Dort zündete Yonk eine kleine Fackel an. »Ihr seid in großer Gefahr, Herr. Ich riskiere mein Leben Euch das zu erzählen.«

»Warum tust du es dann?«

»Weil Ihr gegen ihn aufgestanden seid. Das hat noch nie jemand gewagt. Ihr seid bestimmt sehr mutig.«

»Warum bin ich in Gefahr?«

»Ganz Trisad wusste von Eurer Ankunft. Für Eure Gefangennahme ist eine Belohnung ausgesetzt und Kurzer Mann möchte Euch so lange festhalten, bis er sie kassieren kann.«

Mark kratzte sich am Kopf. »Eine Belohnung? Warum sollte eine Belohnung auf mich ausgesetzt sein?«

»Das weiß ich nicht. Aber wenn Ihr bleibt, werdet Ihr es bereuen. Ihr solltet mit Eurem Freund so schnell wie möglich nach Hause zurückkehren.« Yonk blies die Fackel aus und wandte sich zur Tür.

Mark packte ihn am Arm. »Warte. Sag, ist es wahr, dass es in Trisad keinen Schamanen gibt?«

»Kurzer Mann hat nicht gelogen. So jemanden gibt es hier nicht. Aber einen Mann, der von der Zeit vor unserer Zeit spricht. Er ist sehr alt und soll verrückt sein. Ich glaube nicht, dass Ihr ein vernünftiges Wort aus ihm herausbekommt.«

»Bring ihn her. Ich muss ihn unbedingt sprechen. Es ist sehr wichtig für mich.«

Yonk fuchtelte mit der Fackel hin und her. »Das ist nicht so einfach. Ich habe Euch schon das Leben gerettet. Warum sollte ich das auch noch tun?«

»Das kann ich dir nicht erklären. Ich werde tief in deiner Schuld stehen.«

»Wirklich? Wie viel wäre das in Waren?«

»Hol sofort den Alten, du niederträchtiger Knirps«, fauchte Sarbo mit tiefer Stimme unter der offenen Tür. »Und beeil dich oder ich zerquetsche dir den Schädel wie eine überreife Melone.«

Yonk rannte auf die Straße hinaus.

»Hast du alles mitgehört?«, fragte Mark.

»Fast alles.« Sarbo kam herein. »Bist anscheinend ein begehrter Mann geworden.«

»Sie verwechseln mich mit jemandem.«

»Natürlich. Habe ganz vergessen, dass du aussiehst wie jedermann. Wahrscheinlich ist alles nur ein Missverständnis.«

»Vermutlich hast du Recht. Aber warum nur? Bis vor ein paar Tagen hat hier niemand von meiner Existenz gewusst.«

»Doch. Der Merkon hat von dir gewusst. Und deinetwegen extra diese lange Reise unternommen.«

Mark schwieg und dachte nach. Der Merkon hatte ihm von dem Schamanen erzählt. Warum hätte er lügen sollen?

»Irgendetwas gefällt mir nicht an der Sache, Kakon. Ich habe versprochen dir bei deiner Suche zu helfen. Das werde ich auch, aber wir sitzen am kürzeren Hebel. Wir müssen erst einmal herausfinden, wer überhaupt unsere Feinde sind und was hier eigentlich vorgeht.«

Von der Tür kamen Geräusche. Yonk führte den alten Bettler herein, der sie am Tag zuvor um Brot angebettelt hatte. »Das ist der Mann. Er heißt Pet. Ihr könnt es ja mal mit ihm versuchen.«

Mark half dem zerbrechlichen alten Mann sich zu setzen. »Wir brauchen Licht, Yonk. Ich möchte sehen können, mit wem ich spreche.«

Yonk schlug zwei kleine Steine gegeneinander und entzündete das ölige Tuch, das um die Spitze der Fackel gewickelt war.

Mark kniete neben dem Mann nieder und sah ihm ins Gesicht. Es war verrunzelt und dreckig und halb von den verfilzten Haaren verdeckt. »Ich muss dir ein paar Fragen stellen, Pet. Kannst du mich verstehen?«

Er bekam keine Antwort. »Es heißt, du weißt etwas über die Zeit vor unserer Zeit. Kannst du mir davon erzählen?«

»Ich weiß viel von der Zeit vor unserer Zeit.« Pets Stimme klang hoch und rau. »Aber das interessiert dich nicht wirklich, denn du siehst aus wie der Bote des langen Todes.«

»Mein Aussehen?«, fragte Mark ruhig. »Was ist mit meinem Aussehen?«

Pet starrte ins Leere. »Ich bin der Letzte der Hüter. Wenn ich sterbe, wird alles verloren sein.«

»Was wird verloren sein, Pet? Was ist es, das du hütest?«

»Das Wissen. Die Vorfahren haben es an meine Familie weitergegeben. Wir sind immer die Hüter des Wissens gewesen.«

»Weißt du etwas von einem Licht, Pet? Einem starken Licht, das durch die Zeiten reist?«

Der Mann bedeckte das Gesicht mit den Händen und schaukelte vor und zurück. »Überall Tod und Zerstörung. So viele, die den langen Tod erlitten. Die Leichen wurden auf Haufen geworfen, niemand war mehr da um die Totenlieder zu singen. Und dann kam die Blutkrankheit über unser Land und breitete sich aus wie Feuer. Niemand war mehr sicher.« Er hörte mit dem Schaukeln auf. »Vielleicht ist sie noch da draußen. Sei vorsichtig.«

Yonk schüttelte den Kopf. »Ich habe Euch doch gesagt, er ist verrückt. Von ihm werdet Ihr nichts erfahren. Ich bringe ihn jetzt lieber wieder zurück.«

»Warte.« Mark legte dem Alten die Hand auf die Schulter. »Es ist sehr wichtig, Pet. Was weißt du von dem mächtigen Licht im Urwald?«

»Die Menschen wussten nicht mehr, wie der Boden bestellt wird oder wie man sich verteidigt. Nur wenige überlebten und sie verwandelten sich. Alles hat sich verwandelt seit der Blutkrankheit.«

»Er spricht wirres Zeug, Kakon.« Sarbo warf einen Blick zur Tür. »Bald wird es Morgen sein. Wir müssen fort.«

Enttäuscht sah Mark Pet an. »Ich weiß, du versuchst mir zu sagen, was in Transall passierte, was dazu führte, dass es ganz anders wurde, als es war in der Zeit, aus der ich komme. Aber ich verstehe dich nicht. Ich möchte doch nur etwas über das Licht erfahren. Kannst du mir irgendetwas von dem Licht erzählen?«

Der Alte stierte in das Licht der Fackel.

»Es hat keinen Zweck, Kakon.« Sarbo half dem alten Mann aufzustehen. »Bring ihn wieder nach Hause, Yonk. Und ...« Er packte den Jungen am Arm. »Geh nicht zu Kurzer Mann zurück heute Nacht. Das könnte gefährlich werden für dich.«

Sarbo wartete, bis sie verschwunden waren, dann sagte er zu Mark: »Komm mit. Bevor diese Nacht vorüber ist, werden wir klüger sein.«

Kapitel 41

Sarbo trat einen Schritt zurück, atmete tief ein und warf sich gegen die Tür, die zerbarst und aus den Lederangeln krachte und nur um Haaresbreite den Schlafenden verfehlte.

»Wa...was ist los?« Außer sich griff Kurzer Mann nach seinem Schwert.

Mark schleuderte es mit einem Tritt durch den Raum. Sarbo setzte einen Fuß auf Kurzer Manns Brust und drückte ihn zu Boden, die Klinge seines Schwertes an dessen Hals.

»Sarbo«, stotterte Kurzer Mann. »Mein guter alter Freund. Was bedeutet das alles?«

»Das herauszufinden sind wir gekommen, Kurzer Mann.« Sarbo verstärkte den Druck durch seinen Fuß. »Zünde den Öltopf an, Kakon. Das Feuer ist zu dunkel um in die Augen dieses Verräters zu sehen.«

»Verräter? Dich würde ich niemals verraten, Sarbo. Da hat dir jemand etwas Falsches erzählt.«

»Auf den Kopf meines Freundes ist eine Belohnung ausgesetzt. Wer steckt dahinter?«

»Ich weiß nicht, wovon du sprichst. Ich –«

Sarbo drückte seine Schwertklinge an Kurzer Manns Hals, bis Blut herausspritzte. »Ich habe keine Zeit zu verlieren. Es wird bald Morgen. Wenn dir dein Leben lieb ist, sprich, sonst hacke ich dir den Kopf ab und werfe ihn diesem Drachen an der Kette draußen zum Fraße vor.«

Kurzer Mann schloss die Augen. »Also gut. Jemand kam her. Sagte, dein merkwürdig aussehender Freund sei einer wichtigen Person viel wert.«

»Wem? Und warum?«

»Er nannte keinen Namen. Ich weiß nur, dass er ein edles Pferd ritt und eine Rüstung aus Metall trug ähnlich der, die dein Freund hat.«

Mark stieß einen leisen Pfiff aus. »Der Merkon.«

»Oder einer seiner Männer.« Sarbo sah auf den todbleichen Mann hinunter. »Wann wollte er zurück sein?«

»Das hat er nicht gesagt. Nur dass wir ihn festhalten sollen, bis er wiederkommt, wenn wir die Belohnung kassieren wollen. Ich hatte keine Ahnung, dass es um deinen Freund geht, Sarbo. Ich dachte einfach, ich könnte eine fette Beute machen.«

Sarbo ließ ihn los. »Ich werde dich nicht töten, Kurzer Mann. Mein Freund und ich gehen jetzt. Und wenn dir dein Leben lieb ist, kommst du uns besser nicht mehr in die Quere. Und wenn der Mann mit der Rüstung wiederkommt, rate ich dir, ihm nichts von uns zu erzählen.«

»Natürlich.« Kurzer Mann setzte sich und fuhr sich über den Hals. »Ich würde dich niemals betrügen, Sarbo. Das weißt du doch.«

»Wenn die Belohnung hoch genug ist, würdest du jeden betrügen.« Sarbo steckte das Schwert ein. »Aber ich rate dir die Finger davon zu lassen, sonst komme ich wieder. Und das nächste Mal, das verspreche ich dir, bleibt dein Kopf nicht am Hals.«

Vom Hof her war ein Geräusch zu hören. Mark blies das Licht aus und schlich leise die Treppe hinauf.

Vor ihm standen sein Silberpferd und ein schweres, schwarzes Pferd sowie eines der niedrigen, buschigen Reittiere, wie die Samatin sie ritten.

»Seht Ihr, ich denke voraus, Herr.« Yonk zog die Pferde näher. »Jemanden wie mich könntet Ihr auf Eurer Reise gebrauchen.«

»Wozu?«, fragte Sarbo, der die Treppe heraufkam. »Du würdest uns nur zur Last fallen.«

Yonk appellierte an Mark. »Herr, Ihr wisst, Kurzer Mann wird mich töten, sobald Ihr außer Sichtweite seid. Habe ich nicht von Anfang an auf Eurer Seite gestanden?«

Nachdenklich rieb Mark sich am Kinn.

»Ich kann kochen«, fuhr Yonk fort. »Und ich kenne mich mit Tieren aus. Ich werde gut für Euch sorgen. Ihr müsstet keinen Finger krumm machen. Es wäre ein schrecklicher Fehler, mich nicht mitzunehmen.«

Sarbo fasste das schwarze Pferd am Zügel und schwang sich hinauf. Zu Mark sagte er: »Komm, Kakon. Vielleicht schlafen die Samatin noch.«

Mark stieg auf sein Pferd und folgte Sarbo bis zum Hofausgang. Dort hielt er an und drehte sich zu Yonk um. »Wenn du mitkommen willst, solltest du dich beeilen. Warten wird niemand auf dich.«

»Oh, danke, Herr.« Yonk hüpfte auf sein Eselchen und trottete hinter ihnen her. »Ich verspreche, Ihr werdet es nicht bereuen.«

Kapitel 42

»Ihr seid sehr listig«, bemerkte Yonk und versuchte mit seinem Esel in dem tiefen roten Sand Schritt zu halten. »Ihr habt die Samatin überlistet. Das habe ich mir gleich gedacht. Sonst wäre ich nicht mit Euch mitgekommen.«

Sarbo warf Mark einen verdrießlichen Blick zu. »Kann der Knirps denn nie den Mund halten?«

»Verzeiht, ich wollte Euch nicht verärgern. Ich wollte nur sagen, dass es Euch in nur zwei Tagen gelungen ist, die Samatin abzuschütteln. Nicht jeder hätte ihren wachsamen Augen so leicht entrinnen können.«

»Das macht mir gerade Sorgen«, bemerkte Sarbo, verlagerte sein Gewicht und sah sich unruhig um. »Es war zu einfach.«

»Warum sollten sie uns entkommen lassen?«, fragte Mark. »Vorher waren sie doch hart hinter uns her.«

»Wer weiß? Vielleicht hat der Knirps Recht. Wahrscheinlich besteht kein Grund zur Sorge. Bald wird es dunkel. Hinter der nächsten Düne schlagen wir unser Nachtlager auf.«

Schweigend trabten sie weiter. Mark hoffte die richtige Entscheidung getroffen zu haben. Er hatte vorgeschlagen nach Listra zu reiten. Nur der Merkon kannte die Antworten auf all seine Fragen – falls er noch am Leben war. Und wenn nicht, musste es einen Vertrauten geben, der wusste, warum der Merkon sich so für ihn interessiert hatte. Das herauszufinden war nur möglich, wenn sie nach Listra ritten zu seiner Festung auf der anderen Seite des Flusses und fragten.

Sarbo hatte es abgelehnt, allein zum Dorf zurückzukehren. Und Yonk schien es egal, wohin sie ritten, solange es nur möglichst weit fort von Kurzer Mann ging.

»Seht, dort sind Bäume.« Yonk zeigte auf eine Schonung niedriger, roter Bäume zu Füßen der Düne. »Wir müssen bald das Ende des Totensandes erreicht haben. Ich habe schon kaum mehr gewusst, wie Bäume aussehen. Sind sie nicht wunderschön? Können wir hier bleiben? Ein wenig Schatten wäre herrlich.«

»Wenn das dein Mundwerk endlich zum Stoppen bringt, habe ich nichts dagegen, inmitten von Disteln mein Lager aufzuschlagen.« Sarbo gab seinem Tier die Sporen und ritt voraus.

»Ich habe das Gefühl, er kann mich nicht leiden«, sagte Yonk mit gedämpfter Stimme. »Habe ich ihn irgendwie beleidigt? Habe ich nicht alles getan ihm zu gefallen?«

Mark lenkte sein Pferd die Düne herab. »Ich glaube, Sarbo ist mit deiner Arbeit zufrieden. Aber du solltest versuchen etwas weniger zu reden.«

Sarbo hielt an. Die Bäume waren noch ein ganzes Stück entfernt. Mark ritt zu ihm auf. »Stimmt etwas nicht?«

»Es ist zu still«, sagte Sarbo und beobachtete den Rand der Schonung. »Das gefällt mir nicht, Kakon. Wir sollten umkehren.«

Er griff in die Zügel und in diesem Augenblick schwirrte ein Pfeil durch die Luft und traf ihn in die Seite. Der große Mann fiel nach vorn und krallte sich in die Mähne seines Pferdes.

»Fort!«, schrie er heiser.

Mark packte Sarbos Zügel und wollte wegreiten, als eine Gruppe Samatin zwischen den Bäumen hervorpreschte und sie schon nach wenigen Schritten umzingelt hatte.

Der Anführer war ein abstoßender Mann, der einen schmutzigen, weißen Turban trug und sie mit verfaulten Zähnen angrinste. Bei seinem Anblick wagte Mark nicht mehr, Widerstand zu leisten.

Mark ließ die Zügel fallen und hob langsam die Hände. Die Samatin brachen in Jubelgeschrei aus, tänzelten auf ihren Pferden um die Gefangenen, johlten und stießen Mark und Sarbo immer wieder mit ihren Speerspitzen. Schließlich nahmen sie ihnen die Waffen ab und fesselten Mark die Hände mit einem dünnen Lederband auf den Rücken.

Ihre Sprache klang noch abgehackter als die der Pfeilmenschen. Mark verstand kein einziges Wort. Die Gefangenen mussten am Schluss des Zuges hinter den strubbeligen Eseln der Samatin herreiten. Diese waren offensichtlich sehr zufrieden mit sich, plapperten lebhaft und fuchtelten mit den Armen.

Mark riskierte einen kurzen Blick zurück über die Düne, wo sie Yonk gelassen hatten. Der Junge war nirgendwo zu sehen.

Die Samatin hatten sich nicht die Mühe gemacht Sarbo zu fesseln. Er verlor ständig Blut und konnte sich kaum auf dem Pferd halten.

Mark fühlte sich hilflos. »Durchhalten, Sarbo«, flüsterte er. »Ich bringe uns hier raus – irgendwie.«

Es kam keine Antwort.

Der Schweiß rann Mark über die Stirn und brannte in den Augen. Es war alles seine Schuld. Er hätte darauf bestehen müssen, dass Sarbo zum Dorf zurückkehrte, und dann hätte er wieder in den Urwald gehen sollen. Es war ein Fehler gewesen, seinen Freund in seine Angelegenheiten hineinzuziehen.

Nach einiger Zeit ritten die Samatin in eine sandige Schlucht, die immer tiefer talabwärts führte. Nach ungefähr einer Stunde hielten sie vor einer mächtigen Wand, die aussah wie aus roten Steinen und Sand gemauert.

Ein Samatin nach dem anderen ritt bis zum Ende der Mauer und verschwand. Der Mann, der Marks Pferd am Zügel führte, stieg von seinem Esel und gab ihm einen Klaps. Das Tier folgte den anderen und der Mann führte Mark und das große Pferd durch eine schmale Öffnung in der Mauer.

Mark staunte. Der glitzernde Sand bewirkte, dass der Durchgang fast nicht zu erkennen war. Aber kaum waren sie um die Ecke gebogen, tat sich vor ihnen ein langer Tunnel auf, gerade breit genug ein Pferd durchzulassen. Mark musste sich bücken, um nicht gegen die tief herabreichenden Felsen zu stoßen.

Die Dunkelheit störte den Mann nicht, der Marks Pferd führte. Er schien den Weg sehr gut zu kennen.

Mark dachte schon, der Tunnel würde niemals enden, da tauchte ein Licht auf und der kleine Mann führte Mark hinaus in ein Tal.

Mark blickte sich überrascht um. Der Boden war schwarz und die Pflanzen grün. Grün, so wie Pflanzen seiner Erinnerung nach eigentlich sein sollten.

Mark bemerkte, wie unter den Füßen des Mannes feiner Staub aufwirbelte. Es handelte sich offensichtlich um alte Vulkanasche. Die Samatin hatten sich auf den Überresten eines erloschenen Vulkans ein verborgenes Paradies geschaffen. Vor ihnen ragte ein schwarzer Vulkankrater empor.

Aus Lehmhütten kamen Frauen und Kinder und begafften die Gefangenen. Hunde, deren lange, dünne Schwänze bis zum Boden reichten, bellten und schnappten nach den Hufen der Pferde.

Der Anführer wies auf Sarbo und rief etwas. Zwei Samatin zerrten den bewusstlosen Mann vom Pferd und schleppten ihn in eine Hütte. Dann gab der Anführer einen neuen Befehl und zeigte auf Mark.

Ein heftiger Schlag in die Rippen stieß Mark vom Pferd. Da seine Hände immer noch auf den Rücken gebunden waren, konnte er sich nicht abfangen und fiel mit der Schulter zuerst auf die Erde.

Die Samatin brüllten vor Lachen.

Mark rappelte sich auf die Knie hoch. Ein Tritt in den Rücken und er fiel vornüber auf das Gesicht. Schnell stand er auf und ließ seinen Blick vorsichtig über die Menge gleiten, um den nächsten Angreifer auszumachen.

Es war der kleine Mann, der sein Pferd geführt hatte. Er machte einen Satz auf Mark zu und wollte ihn mit dem Speer rammen. Mark wich zur Seite aus, wirbelte herum und trat dem Kleinen in den Bauch.

Das Lachen erstarb. Einer der eigenen Leute war von einem Gefangenen erniedrigt worden. Die Menschen drängten näher um zu sehen, was als Nächstes passieren würde.

Der kleine Mann machte kehrt. Wut blitzte aus seinen schmalen, schwarzen Augen. Er ging in Angriffsstellung, erhob den Speer und stürmte los.

Mark war bereit. Er ließ sich zu Boden fallen und kreuzte die Beine. Der Kerl wurde mitten in die Menge geschleudert. Der Speer flog aus seiner Hand und landete neben dem Anführer auf der Erde.

Dieser war gar nicht begeistert. Er klatschte hart in die Hände, worauf ein paar Männer nach vorn stürmten und Mark überwältigten. Sie schleppten ihn zu einem engen, aus Ästen gebauten Käfig und stießen ihn hinein. Dann warfen sie ein am oberen Ende des Käfigs befestigtes Seil um einen hoch gelegenen Ast und zogen ihn nach oben.

Das Gefängnis war nicht für jemanden von Marks Größe gedacht. Selbst im Sitzen stieß er mit dem Kopf an die Decke. Er konnte sich kaum darin bewegen. Er untersuchte die Machart des Käfigs. Die dicken Stäbe wurden von Lederschnüren zusammengehalten, der gleichen Art Schnüren, die ihm schmerzhaft in die Handgelenke schnitten.

In dem Beutel an seinem Gürtel befand sich noch immer sein altes Taschenmesser, aber jetzt konnte er es unmöglich herausfischen.

Die Samatin rotteten sich unter dem Käfig zusammen, johlten, warfen Steine nach ihm und bespuckten ihn.

Was auch immer Mark unternehmen konnte, würde bis zur Nacht warten müssen.

Kapitel 43

Die Nacht war warm und klar. Das Mondlicht drang durch den Dunst, wie Mark es sonst nirgends in Transall gesehen hatte.

Die Samatin hatten endlich mit der Gafferei aufgehört und waren zum Schlafen in ihre Hütten gegangen. Mark saß eingezwängt in seinem Gefängnis und versuchte nicht an seine missliche Lage zu denken.

In seiner alten Welt diente Schwefel aus Vulkankratern für vielerlei chemische Stoffe. Vor allem für die Herstellung von Schwarzpulver. Angestrengt versuchte Mark sich an die chemische Formel zu erinnern.

In seinem letzten Schuljahr war das Thema behandelt worden. Mark hatte sich damals alles genau gemerkt, obwohl es kein Prüfungsstoff war, aber er hatte mit seinen Freunden vielleicht selbst einmal Feuerwerk herstellen wollen.

Die Chinesen hatten herausgefunden, dass reiner Schwefel aus vulkanischen Gebieten gemischt mit Holzkohle und Salpeter eine tödliche Wirkung hatte.

Mark lächelte grimmig. Wirklich komisch, woran man sich in solch einer Zwangslage erinnerte. Er überlegte. Das mit der Holzkohle durfte nicht schwierig sein, die gab es direkt unter ihm in den heruntergebrannten Feuerstellen der Samatin. Und in dem langen Tunnel würde er wahrscheinlich genug Kaliumnitrat oder Salpeter finden. Aber wie war doch gleich die Formel?

Auf der anderen Seite des Lagers entstand Unruhe. Im Mondlicht erkannte Mark einen Wachposten der Samatin auf seinem Esel, der jemanden hinter sich herschleifte.

Es war Yonk. Der Mann hob den schmächtigen Jungen hoch und steckte ihn in einen weiteren Käfig, den er ebenfalls nach oben zog.

»Ich habe versucht Euch zu retten, Herr. Ehrlich. Ich hätte es auch geschafft, wenn die Tunnelwache nicht gewesen wäre. So ein Feigling, ein Dieb. Er hat sich von hinten angeschlichen und meinen Esel samt Gepäck weggenommen. Wenn ich hier herauskomme, werde ich ihn fertig machen. Ich werde ...«

»Yonk?«

»Ja, Herr?«

»Danke, dass du uns gefolgt bist. Schön, dich zu sehen. Aber wenn du nichts dagegen hast, muss ich jetzt nachdenken.«

»Ah, Ihr denkt Euch einen Superplan aus, wie wir von diesen Barbaren fortkommen können. Natürlich zusammen mit Sarbo. Wo ist der überhaupt? Wenn Ihr einen Plan habt, werde ich eine große Hilfe sein. Ich habe sogar einmal –«

»Yonk?«

»Ja, Herr?«

»Halt den Mund.«

»Ja, Herr.«

Mark zog die Knie bis zum Kinn an. Dann schob er sich auf den Rücken und ließ die Füße nach oben schnellen. Die runden Holzstäbe gaben nicht nach.

Als Nächstes versuchte er sich mit dem Rücken gegen die eine Seite des Käfigs und mit den Füßen gegen die andere Seite zu stemmen. Er drückte, so stark er konnte, aber nichts geschah.

»Es hat keinen Zweck.« Mark sah zum Himmel. Durch den Dunst konnte er die Umrisse eines hellen Sterns erkennen. Seit der Nacht vor drei Jahren, als er das blaue Licht entdeckt hatte, hatte er keinen Stern mehr gesehen. Zum ersten Mal seit Monaten empfand er wieder Heimweh.

»Yonk?«

»Ich soll doch nicht reden, Herr.«

»Vergiss es. Sind deine Hände nach vorn oder nach hinten gefesselt?«

»Nach vorn, Herr. So konnte mich dieser Feigling von Samatin hinter seinem Esel herziehen. Und ich glaube, es machte ihm sogar Spaß. Ich konnte ihn lachen hören.«

»Hör zu. Ich erkläre dir jetzt, wie der Riegel an deinem Käfig funktioniert. Streck die Hände durch die Gitterstäbe und taste nach einer runden Holzscheibe.«

»Ich habe sie, Herr.«

»Dreh die Scheibe nach links.«

»Ich versuche es, aber sie dreht sich nicht. Irgendetwas blockiert.«

»Such nach einem Holzkeil in der Mitte der Scheibe und zieh ihn raus.«

»Trotzdem, es geht nicht, Herr.«

»Beweg die Scheibe hin und her. Und zieh stärker. Sarbo und ich zählen auf dich.«

Mark hörte, wie die Käfigtür aufschnappte. »Gute Arbeit, Yonk. Und jetzt spring und lass meinen Käfig herunter.«

»Herr, Höhen sind nicht meine Stärke. Was, wenn ich mir das Bein breche, oder wenn ich mir sogar ...«

»Spring!«

»Ja, Herr.«

Mark hörte ihn unten aufschlagen. »Alles in Ordnung?«

»Ja. Obwohl ich mir nicht sicher bin, dass Euch mein Wohlergehen interessiert, wo ich doch gesagt habe, dass ich Höhen nicht ausstehen kann und –«

»Such das Seil von meinem Käfig, Yonk. Und dann lass mich langsam herunter.«

»Ich hab's, Herr«, flüsterte Yonk. »Aber mit gefesselten Händen kann ich es kaum losmachen.«

Der Käfig senkte sich langsam. Mark schloss die Augen und erwartete den Aufprall.

Der Aufprall blieb aus. Der Käfig schaukelte aus. Mark öffnete die Augen und fand sich nur wenige Zentimeter vom Boden entfernt.

»Gut gemacht, Yonk. Und jetzt öffne den Käfig. Yonk?«

»Hier oben, Herr.«

Mark sah hinauf. Hoch oben im Baum hing Yonk am anderen Ende des Seils. Er klammerte sich mit beiden Händen daran fest.

»Komm herunter, Yonk. Ich brauche dich.«

»Aber Herr. Es ist ein sehr weiter Weg nach unten. Weiter als das letzte Mal.«

»Yonk, wenn du nicht herunterkommst und mich befreist, könnte uns jemand entdecken. Und ich habe gehört, dass die Samatin besonders scharf auf gesottene Tsook sind. Sie sagen, je jünger das Opfer, umso zarter das Fleisch.«

Wieder ein Aufschlag. Diesmal begleitet von einem leisen Stöhnen.

»Keine Sorge, Herr. Alles in Ordnung.« Yonks Gesicht erschien vor den Gitterstäben. Er drehte an der Scheibe, zog den Keil heraus, die Tür sprang auf.

»Und jetzt lang in den Beutel und hol das kleine Messer heraus. Schneide meine Fesseln auseinander und dann schneide ich dich los.«

Yonk fand das Messer und säbelte an Marks Fesseln, bis Mark sie auseinander reißen konnte. »Ich habe Euch doch gesagt, Herr, dass ich mich nützlich machen würde, nicht wahr?«

»Das hast du gesagt. Und jetzt halt den Mund und streck deine Hände her.«

Kapitel 44

»Aber Herr. Wäre es nicht klüger, die Tiere zurückzustehlen und so schnell wie möglich zu fliehen? Unsere Käfige habt Ihr wieder nach oben gezogen, so bald werden sie unser Verschwinden nicht bemerken.«

»Reich mir die Schale mit der Erde, Yonk.«

»Genau das meine ich eben, Herr. Ihr versteckt Euch im Gebüsch, kratzt in der Erde herum und zerstoßt verkohlte Stöcke, wo wir doch längst auf halbem Weg nach Listra sein könnten. Es war ziemlich gefährlich, mich in den Tunnel zurückzuschicken. Zum Glück war die Wache gerade fort. Und warum das alles? Um zu fliehen? Nein. Um Dreck zu sammeln. In Listra gibt es sicher jede Menge Erde. Ich helfe Euch auch ganz bestimmt sie zu sammeln. Warum gehen wir nicht endlich?«

»Ich möchte Sarbo nicht im Stich lassen. Das hier ist vielleicht die einzige Möglichkeit den Samatin klarzumachen, dass ich es ernst meine. Reich mir die andere Schale herüber und breite das Tuch daneben aus.«

Yonk tat wie geheißen, seufzte und hockte sich neben Mark. »Herr, wenn sie uns schnappen, tut Ihr mir dann einen Gefallen?«

Mark gab keine Antwort. Verbissen arbeitete er weiter und versuchte sich an die genaue Zusammensetzung des Schwarzpulvers zu erinnern.

»Ich möchte Euch bitten meinem Leben ein schnelles

Ende zu setzen, bevor sie mich in den Kochtopf werfen. Ich glaube nicht, dass ich besonders gern gekocht werden möchte.«

»Räum meinen Beutel aus, Yonk. Du kümmerst dich ab jetzt um meine Sachen. Ich muss einen Teil des Pulvers in den Beutel füllen. Der Rest kommt in dieses Tuch hier.«

Vorsichtig schaufelte Mark die Mischung auf und ließ sie in den Beutel rieseln. Er hoffte die richtige Zusammensetzung für das Schießpulver einigermaßen getroffen zu haben. Als der Beutel gefüllt war, stand er auf und sagte: »Komm, Yonk. Die Vorstellung kann jetzt beginnen.«

Es war früh am Morgen. Sie krochen am Krater des erkalteten Vulkans bis dicht vor das Dorf hinunter. Alles war still, nichts regte sich. Er bedeutete Yonk zu den Reittieren zu gehen und machte sich dann zu der Hütte auf, in die Sarbo gebracht worden war.

Die Hütte war unbewacht. Die Samatin hielten Sarbo wohl für ungefährlich aufgrund seiner schlimmen Verletzungen.

Mark duckte sich und schlich hinein. »Sarbo? Bist du da?«

»Natürlich bin ich da, Kind. Warum kommst du erst jetzt?«

Mark lächelte. Sarbo lag reglos am Boden. »Kannst du gehen?«

»Ich glaube schon. Hilf mir auf.«

Auf Mark gestützt machte Sarbo einen unsicheren Schritt. »Wir müssen uns beeilen. Es wird bald hell und dann werden sie uns suchen.«

Mark trug Sarbo mehr, als dass er ihn stützte, und so

erreichten sie den Ausgang des Dorfes, wo Yonk mit den Pferden und dem Esel auf sie wartete.

»Guten Tag, Sarbo. Ihr habt Euch doch in mir getäuscht. Ich bin wirklich eine große Hilfe. Schaut, ich habe Kakons Waffen gefunden und sogar noch ein Schwert und eine Armbrust gestohlen. Zuerst habe ich –«

»Nicht jetzt, Yonk«, sagte Mark. »Hilf mir, ihn auf das Pferd zu setzen.«

Sarbo war so geschwächt, dass er beinahe herunterfiel. »Halt du ihn fest, Yonk.« Mark nahm die Zügel und führte die Tiere in Richtung Tunnel.

Vor dem Durchgang schritt eine Wache auf und ab.

Mark flüsterte: »Ich versuche ihn abzulenken. Sobald der Wächter seinen Posten verlassen hat, renn mit Sarbo und den Tieren durch den Tunnel. Ich komme nach, so schnell ich kann. Wenn ich es nicht schaffe, geh ohne mich weiter. Ich übergebe Sarbo deiner Verantwortung.«

Bevor Yonk etwas erwidern konnte, war Mark in der Dunkelheit verschwunden.

Wenige Minuten später zerriss eine laute Explosion die Nacht. Der Wächter am Tunneleingang stürzte davon um zu sehen, was geschehen war.

Das Samatindorf erwachte schlagartig zum Leben. Mark rappelte sich auf und wischte sich über die versengten Augenbrauen. Das Pulver war wirkungsvoller gewesen als erwartet. Er hatte nur ein kleines Häufchen davon auf dem Erdboden platziert und einen brennenden Stock hineingehalten. Die Funken sollten den Wächter ablenken. Zuerst passierte gar nichts. Dann fing das Pulver plötzlich Feuer und explodierte mit solcher Macht, dass Mark nach hinten geschleudert wurde.

Er rannte zum Tunnel zurück. Auf dem Weg durch die

Dunkelheit rutschte er immer wieder auf den glitschigen Felsen aus.

Hinter sich hörte er Rufe und eilige Schritte. Die Samatin hatten den Tunnel schon erreicht und kamen schnell näher.

Vor sich sah Mark Licht. Das Tunnelende. Eilig schüttete er den Inhalt des Tuches auf den Boden, schlug seine Feuersteine aneinander und entzündete einen dürren Stock, der in seinem Gürtel steckte. Er wich zurück, warf den Stock in das Pulverhäufchen und rannte los.

Eine ohrenbetäubende Explosion erschütterte den Tunnel. Die Felswände barsten, Steinbrocken flogen durch die Luft und Mark wurde mitsamt einer weißen Rauchwolke aus der Höhle geschleudert. Als er wieder auf die Füße gekommen war, hörte er die Schreie der Männer hinten im Tunnel.

»Hier sind wir, Herr!« Yonk kam mit den Tieren.

Sarbo hob den Kopf. »Gut gemacht, Kakon. Gut gemacht.«

Kapitel 45

»Bist du dir wirklich sicher?«, fragte Mark und sah zu seinem Freund hinunter, der auf einer eilig aus Stöcken gezimmerten Trage hinter seinem Pferd lag.

Sarbo lächelte schwach. Sein Gesicht hatte alle Farbe verloren. »Ich bin ganz sicher, Kakon. Ich kehre zum Sterben in unser Dorf zurück. Der Knirps soll mich hinbringen. Ich werde ein schönes Kriegerbegräbnis bekommen und alle werden Lobeshymnen auf meine Tapferkeit singen.«

»Du bist viel zu gemein und störrisch zum Sterben, Sarbo. Aber ich denke auch, dass du zu Hause am besten aufgehoben bist. Dort wirst du wieder richtig aufgepäppelt. Pass nur auf, bald wirst du wieder das alte Ekel sein.«

»Ekel? Also hör mal, wenn ich nicht sterben würde, würde ich –«

»Ich weiß.« Mark kniete vor der Trage nieder. »Du würdest mich lehren die Alten zu achten. Hier«, er nahm die Klauenkette ab und legte sie Sarbo um. »Das möchte ich dir geben. Du warst ein guter Freund, Sarbo. Einen besseren Freund kann man sich nicht wünschen.«

Mark erhob sich und sagte zu Yonk: »Gib gut auf ihn Acht. Halte dich genau an meine Anweisungen. Wenn du ihn sicher zum Dorf zurückbringst, wird dir die Freiheit geschenkt werden.«

»Ich werde tun, wie Ihr gesagt habt, Herr. Ihr könnt auf mich zählen.«

»Ich weiß. Und, Yonk, solltest du im Dorf einem Mädchen namens Megaan begegnen ... sage ihr ...«

»Ja, Herr?«

»Schon gut. Ihr solltet jetzt aufbrechen. Aber sei vorsichtig. Vielleicht gibt es hier draußen noch andere feindliche Stämme.«

Mark sah ihnen nach, bis sie nur noch kleine Pünktchen in der Ferne waren. Schon jetzt vermisste er sie. Seine Reise nach Listra würde sehr einsam werden.

Sarbo hatte ihm erklärt, wie er die Fähre finden würde, mit der er über den großen Fluss übersetzen konnte. Von dort waren es nur noch wenige Kilometer bis zur Festung des Merkon.

Lieber hätte er den kampferprobten Sarbo mit seinem treffsicheren Schwert in seiner Nähe gehabt. Vor allem aber dessen Freundschaft vermisste er. Selbst Yonks unermüdliches Geplapper wäre besser als nichts gewesen.

Mark schüttelte seine Gefühle ab und richtete sich auf dem Pferd auf. Er war auch früher schon allein gewesen und hatte überlebt.

Der rote Totensand ging allmählich in weichen, staubigen Erdboden über, auf dem vor allem Kakteen gediehen. Marks Pferd suchte sich seinen Weg durch die stacheligen Pflanzen.

Sarbo hatte ihn vor der Wasserknappheit gewarnt und ihm geraten die großen Kakteen zu köpfen und die darin enthaltene bittere Flüssigkeit zu trinken, damit er bis zum Fluss durchhalten würde.

Mark machte nur zwei Trinkpausen. Auf Essen verzichtete er ganz, weil er in Eile war und keine Zeit zum

Jagen verschwenden wollte. Die Haut auf den Flanken seines Pferdes wurde runzelig vor Anstrengung und Wassermangel. Seine Schritte wurden immer langsamer. Schließlich stieg Mark ab und führte es am Zügel, bis die Nacht hereinbrach.

Das seltsame Mondlicht verlieh dem Nachthimmel einen merkwürdig gelben Glanz. Mark hielt an, um sich auszuruhen. Er wollte bald weitergehen, in der Hoffnung, am Morgen den Fluss zu erreichen.

Er band sein Tier an und rollte sich auf dem warmen, weichen Erdboden zusammen. In Gedanken ließ er all die Ereignisse der vergangenen Wochen an sich vorbeiziehen.

Der Merkon hatte ihm von einem Schamanen in Trisad erzählt, den es gar nicht gab. Auf dem Weg zu dem angeblichen Schamanen waren sie überfallen und der Merkon gefangen genommen worden. Kopfgeldjägern war eine Belohnung auf Mark versprochen worden. Warum? Das ergab alles keinen Sinn.

Er dachte an Pet, den alten Mann aus Trisad, den Hüter des Wissens. Was er über die Blutkrankheit und die schreckliche Zerstörung gesagt hatte, ließ Mark nachträglich noch erschaudern.

Die Menschen hatten sich in der Folge einer Katastrophe verändert. Ihr Aussehen und ihre Kultur waren anders geworden. Nun, das galt nicht für alle. Während Mark langsam in den Schlaf hinüberglitt, dachte er daran, wie hübsch einer dieser Menschen aussah, vor allem, wenn sie wütend auf ihn war.

Nach Listra wollte er ins Dorf zurückkehren und sie ein letztes Mal sehen und dann wieder in den Urwald gehen.

Kapitel 46

Das mächtige Tier schlürfte pausenlos Wasser in sich hinein. Mark war nicht sicher, ob ihm das bekommen würde. Er hatte einmal gelesen, dass Tiere davon krank werden konnten. Er ließ seine Hand durch das kühle, braune Flusswasser fahren und beobachtete das Tier.

»Nun, was haben wir denn da.«

Mark fuhr herum. Vor ihm stand ein untersetzter, junger Mann mit einem hässlichen Brandmal im Gesicht. Er hielt ein Ruder in der Hand.

»Ist das etwa nichts? Einfach am helllichten Tag herspazieren. Entweder bist du sehr tapfer oder nicht ganz richtig im Kopf.«

»Hört, Herr«, erwiderte Mark und sprang auf. »Ich weiß nicht, für wen Ihr mich haltet, aber ...«

»Ich weiß genau, wer Ihr seid. Ihr seid der jugendliche Bandit, auf den ein saftiges Kopfgeld ausgesetzt ist. Es heißt, du seist ein ganz Böser. Was hast du nur angestellt, dass er es auf dich abgesehen hat? Normalerweise ist er nicht so rachsüchtig.«

»Ich habe keine Ahnung, wovon Ihr sprecht. Ich suche nur die Fähre. Ihr wisst nicht zufällig, ob sie weiter flussaufwärts oder flussabwärts liegt?«

»Du musst tatsächlich verrückt sein. Weißt du nicht, dass alle hier in der Gegend die Augen nach dir offen halten? Wenn du auf der Fähre übersetzt, wirst du sofort geschnappt werden. Der Merkon hat seine Spione überall.«

»Der Merkon?« Mark überlegte. Dann stimmte es also. Der Merkon hatte die Belohnung auf ihn ausgesetzt. Er legte die Hand an den Griff seines Schwertes. »Bist du gekommen die Belohnung abzuholen?«

Der junge Mann lachte trocken auf. »Wenn dem so wäre, hätte ich dich leicht mit dem Ruder erschlagen können. Steck dein Schwert ein, Bandit. Ich bin kein Freund des Merkon. Einer seiner Männer war es, der mir das angetan hat.« Er deutete auf die Brandwunde auf seiner Wange.

Mark entspannte sich. »Weißt du, wie ich sonst über den Fluss kommen könnte?«

»Vielleicht. Aber erst musst du mir sagen, warum du unbedingt in die Höhle des Löwen willst. Das Kopfgeld gilt, ob du tot oder lebendig abgeliefert wirst. Was gibt es denn so Wichtiges dort drüben, dass du dein Leben dafür aufs Spiel setzt?«

»Antworten. Und außerdem bin ich kein Bandit. Der Merkon weiß das. Und er weiß auch Dinge, die sehr wichtig für mich sind. Wenn er noch am Leben ist, muss ich ihn unbedingt sprechen.«

»Er ist springlebendig. Ist eben erst von einer sehr langen Reise zurückgekommen. Und hat sofort die Fahndung nach dir ausgerufen.« Der junge Mann rieb sich das Kinn. »Ich habe ein Floß. Dein Pferd muss schwimmen, aber ich kenne eine schmale Furt. Komm mit.«

Mark zögerte erst, dann ergriff er die Zügel. Er wusste nicht, ob er dem Mann trauen konnte, aber im Moment schien er keine andere Wahl zu haben.

Der junge Mann sah zu ihm nach hinten. »Wie wirst du genannt, Bandit?«

»Manche nennen mich Kakon.«

»Interessant, der Name. Was bedeutet er?«

»Soviel ich weiß, bedeutet er zweiter Krieger.«

»Und woher kommst du?«

»Von weit weg.«

»Ein Verschwiegener. Das gefällt mir. Man kann nie vorsichtig genug sein. Ich heiße Roan. Ich lebe am anderen Ufer mit ein paar Mördern und Dieben zusammen.«

Mark hielt an. »Und dort gehen wir jetzt hin?«

»Ja. Sie sind ein ziemlich wilder Haufen. Aber wenn sie erst erfahren, wer du bist, werden sie sich über deine Gesellschaft freuen. Hier ist das Floß. Reich mir die Hand.«

Mark half das Floß ins Wasser zu schieben. »Warum lebst du mit Mördern und Dieben zusammen? Du scheinst keiner zu sein.«

»Wenn der Merkon dir so ein Brandmal beibringen lässt, bist du beim wahren Volk nicht mehr gern gesehen.«

»Warum hat er das getan?«

»Ich habe in der Festung gearbeitet. Ich habe als Stalljunge angefangen und mich bis zum Leibwächter hochgearbeitet. Das Leben hätte nicht schöner sein können, bis ich Dansa traf.«

»Dansa?«

»Die Tochter des Merkon. Wir wollten zusammen abhauen, wurden aber von ihrem Bruder Mordo erwischt. Der Merkon ließ mich als Dieb brandmarken. Auch sie hätte er gebrandmarkt, aber sie leugnete alles und gab mir die Schuld.« Roan zuckte die Achseln. »War wahrscheinlich doch nicht die wahre Liebe. Ich bin jetzt aus Listra verbannt. Ich verstecke mich mit meinen Kameraden im

Wald und ernähre mich von meiner Schlauheit. Du darfst gern bei uns bleiben.«

»Danke, Roan.« Mark bestieg das Floß und zog sein Pferd zum Wasser. »Vielleicht komme ich auf dein Angebot zurück.«

Roan stieß vom Ufer ab und begann zu rudern. Das Pferd folgte ihnen und versank bald bis zum Hals im Wasser. Roan ließ sich von der Strömung ein Stück flussabwärts treiben und begann dann wieder zu rudern, bis sie am anderen Ufer ankamen.

Ein dicker Mann mit breitem Gesicht und verfilztem Haar sprang barfuß hinter einem Gebüsch hervor und fing die Leine auf, die Roan ihm zuwarf. Er zog das Floß an Land und sie versteckten es im Gebüsch.

»Das ist Francle. Er war früher einmal oberster Berater des Merkon. Bis er dem Merkon einen Rat gab, den der nicht hören wollte, und ihm die Zunge herausgeschnitten wurde.«

Mark erschauderte und nickte dem Mann zu. »Freut mich dich kennen zu lernen.«

Francle nickte zurück und streckte die Hand nach den Zügeln aus.

Mark griff schnell danach und sagte: »Die nehm ich lieber selbst.«

Der Mann runzelte finster die Stirn und bog in einen Trampelpfad ein. Roan gab Mark ein Zeichen. »Eine kluge Entscheidung. Francle hat schon so manches Pferd *geborgt*. Er verkauft sie dann an einen alten Händler am anderen Ufer.«

»Dann bestehlt ihr euch auch untereinander?«

»O nein. Wir bestehlen nur Fremde.«

»Schön zu wissen, dass ihr solche Grenzen kennt.«

Roan lachte und führte Mark über einen schmalen Pfad, der sich durch große, rote Baumgruppen schlängelte. »Du behauptest also kein Bandit zu sein. Aber irgendetwas musst du angestellt haben. Was ist es? Hast du etwas gesehen oder gehört, das nicht für dich bestimmt war? Oder hast du einen Auftrag nicht ausgeführt?«

»Nein, nichts von allem. Da bin ich mir ziemlich sicher. Aber ich weiß nicht genau. Ehrlich gesagt hat es, glaube ich, etwas mit meinem Aussehen zu tun.«

»Ha.« Roan schlug sich auf die Schenkel. »Das ist echt komisch. Der große Merkon möchte dich also wegen deines Aussehens verhaften.«

Roan hielt an und drehte sich zu Mark um.

»Ich muss zugeben, du siehst schon merkwürdig aus. Du bist so groß, deine Haut ist ganz teigig und deine Augen sind missgestaltet.« Er schnalzte mit den Fingern. »Ich hab's. Du bist mit dem Merkon verwandt. Ich habe ihn einmal ohne Maske gesehen. Er hat auch so merkwürdige Augen.«

Jetzt war Mark an der Reihe zu lachen. »Nein, das ist es nicht. Ich kann es dir jetzt nicht erklären, aber glaube mir, ich bin auf keinen Fall verwandt mit dem Merkon.«

»Schade. Das hätte eine schöne Geschichte fürs Lagerfeuer gegeben«, sagte Roan und trat durch ein Gebüsch. »Ab jetzt darf nicht mehr gesprochen werden, Kakon. Hier steckt der Wald voll schlimmer Gestalten. Die Spione des Merkon versuchen immer wieder unser Versteck ausfindig zu machen. Du musst dich dicht hinter mir halten.«

Mark sah, dass Roan ein Messer aus seinem Mokassin zog. Er tat es ihm nach und legte einen Pfeil in seine Armbrust.

Sie waren schon ein ganzes Stück gegangen, als sie plötzlich ein lautes Schnappen begleitet von einem Zischen hörten. Darauf folgte ein Geräusch, als käme jemand durch das Unterholz auf sie zu.

Mark wollte sich verstecken, doch Roan blieb kampfbereit stehen.

Francle kam aus dem Gebüsch hervor und bedeutete ihnen aufgeregt, ihm zu folgen.

Ein verschlagenes Lächeln kroch über Roans Gesicht. »Komm, Kakon«, flüsterte er. »Ich glaube, das wird dir gefallen.«

Francle führte sie zu einer Lichtung und zeigte nach oben. Dort hing kopfunter ein Soldat des Merkon und versuchte verzweifelt, sich aus der Schlinge zu befreien, die sich um sein Bein schloss. Helm und Schwert waren zu Boden gefallen und sein Lederschurz war ihm über das Gesicht gerutscht und entblößte seinen nackten Hintern.

»Diesmal ist dir ein rechter Halunke in die Falle gegangen, Francle. Noch dazu ein sehr großer. Pass gut auf ihn auf. Und sieh zu, dass du sein Pferd findest.« Roan machte einen Schritt und blieb stehen. »Und, Francle, sorg dafür, dass das Pferd auch in unser Lager kommt.«

»Komm, Kakon. Jetzt ist es nicht mehr weit.« Roan ging durch das Dickicht voraus. Dahinter blieb er stehen und rief: »Hallo, Freunde. Roan ist es, mit einem Ehrengast.«

Aus den Bäumen antwortete es: »Geht weiter und seid willkommen, Roan und sein Gast.«

Mark musterte die Baumkronen, konnte den Besitzer der Stimme aber nicht entdecken. Er folgte Roan durch einen schmalen Hohlweg, der auf eine kleine Lichtung führte. Niemand war zu sehen, nur ein nahezu rauchloses

Feuer brannte in der Mitte und an einem Holzspieß briet irgendein kleines Tier.

An einem Ende der Lichtung lagen Waffen und Schwerter aufgehäuft und mehrere Pferde waren an einem Seil angebunden. Nach und nach traten sechs Männer zwischen den Bäumen hervor und stellten sich vor ihnen auf.

»Ist es wirklich der, von dem ich glaube, dass er es ist?« Ein Mann, der ebenfalls eine Brandnarbe im Gesicht hatte, musterte Mark von oben bis unten.

»Er ist es, Jod.« Roan streckte die Hand aus. »Liebe Freunde, darf ich euch den jungen Banditen Kakon vorstellen? Ich habe ihn am anderen Ufer gefunden, als er nach der Fähre Ausschau hielt.«

»Der Fähre?« Ein magerer Mann mit geschorenem Schädel trat dicht an ihn heran. »So ein Gauner. Was wollte er dort? Wollte er es mit den Wächtern am Ufer etwa allein aufnehmen?«

»Das weiß ich nicht. Er hat mir nur gesagt, dass er den Merkon in einer persönlichen Angelegenheit sprechen möchte.«

Jod ging um ihn herum. Mark tastete nach dem Abzug der Armbrust.

Roan berührte Marks Schulter. »Keine Angst, mein bleicher Freund.« Er sah Jod an. »Du kennst die Regeln. Kakon ist mein Gast. Ich habe ihm gesagt, er sei hier willkommen. Schafft Essen und Wasser herbei. Ehe dieser Tag zu Ende geht, werden wir vielleicht wissen, ob wir einander brauchen können.«

Kapitel 47

»Die Festung liegt jenseits von Listra. Sie ist von einer hohen Mauer umgeben. Dahinter befindet sich der Schlafraum für die Wachen und ein Stall mit einhundert Reittieren. Das Hauptgebäude ist einzigartig. Es hat eine riesige Halle mit einem Boden aus Brettern und dahinter liegen mindestens zehn Zimmer, die ausschließlich vom Merkon und seiner Familie genutzt werden.«

Mark schwieg und wartete, bis Roan zu Ende gesprochen hatte.

»Der Schatz wird in einem der hinteren Zimmer aufbewahrt. Ich habe ihn nie zu sehen bekommen, aber Dansa hat mir davon erzählt und es so genau beschrieben, dass ich nicht daran zweifle, dass er dort ist.«

»Und ich soll euch helfen in die Festung einzubrechen und ihn zu rauben.«

»Ja. Wir sind acht starke Männer. Mit dir sind wir neun. Wenn wir nachts angreifen, können wir sie überrumpeln. Und wenn du bei dieser Gelegenheit deine Angelegenheit mit dem Merkon regeln kannst, umso besser. Was meinst du dazu?«

»Ich sage nein.«

Jod zog sein Schwert. »Er ist ein Feigling, Roan. Lass mich sein Herz ausstechen.«

»Lasst mich erst zu Ende reden.« Mark stand auf und klopfte die Krümel von seiner Kleidung. »Übrigens, vielen Dank für das Essen. Ich habe schon lange nichts mehr gehabt. Es war köstlich.«

Roan zog die Augenbrauen hoch. »Was wolltest du sagen?«

»Ich glaube, ich habe einen besseren Plan. Du sagst, die Festung sei schwer bewacht. Da wird es nicht gerade einfach sein, sich über die Mauer zu stehlen.«

»Sprich weiter.«

»Angenommen, sie würden euch das Tor freiwillig öffnen. Angenommen, ihr besäßet etwas, was der Merkon unbedingt haben möchte. Dann würdet ihr belohnt und in die Schatzkammer geführt werden und außerdem würdet ihr kampflos in die Festung hineinkommen.«

»Und was, bitte schön, sollte das sein?«

»Ich.«

Kapitel 48

Es war dunkel. Mark ritt an der Spitze der acht bewaffneten Männer. Seine Hände waren vorne lose aneinander gebunden. Er trug einen weiten Lederumhang, der sein Schwert verdeckte.

»Öffnet das Tor«, rief Roan. »Wir bringen einen Gefangenen für den Merkon.«

Quietschend öffnete sich ein kleines, eisernes Guckloch und eine tiefe Stimme forderte: »Nennt Euren und Eures Gefangenen Namen.«

Roan rückte seinen Helm zurecht um auch ja sein Gesicht zu verbergen. Er hatte lange genug der Wachmannschaft angehört und wusste, was er zu sagen hatte. »Ich bin Vagra mit dem Wüstentrupp. Der Gefangene ist der gesuchte Bandit mit dem merkwürdigen Aussehen. Ich möchte mir die Belohnung abholen.«

»Warte.« Das Guckloch glitt wieder zu.

Wenige Minuten später ging ächzend das Tor auf und die Männer ritten hindurch.

Mark sah sich um. Die meisten Männer hielten sich im Schlafraum auf. Die Nachtwachen jedoch hatten Dienst und standen im Abstand von wenigen Metern rund um die Mauer.

Einer der Torwächter ergriff die Zügel von Marks Pferd. »Du bist also der Gesuchte. Steig ab. Der Merkon möchte dich unverzüglich sprechen.« Er wandte sich

Roan zu. »Folge mir, Vagra. Der Merkon wird dich reich belohnen.«

Roan stieg vom Pferd und stand zwischen Mark und dem Wächter. »Das ist mein Gefangener und ich will ihn persönlich übergeben.« Er langte nach oben und zog Mark vom Pferd. Dann drehte er sich nach seinen Männern um. »Francle, du kümmerst dich um die Pferde. Die anderen steigen ab und helfen mir mit diesem Kerl. Er ist listig und brutal. Ich möchte nicht, dass er uns im letzten Augenblick doch noch entwischt.«

Der Wächter sah ihn misstrauisch an. Doch dann drehte er sich um und ging die hölzernen Stufen voran in das Hauptgebäude.

Mark staunte, als er in die prachtvoll eingerichtete, große Halle kam. Auf dem Boden lagen bunte Teppiche, auf den Bänken dicke Kissen, die Wände waren reich bebildert und am Ende der Halle stand ein großer Lehnstuhl mit schönem Schnitzwerk.

»Nun, wie gefällt es dir, Kakon?«

Mark drehte sich um. Durch eine Seitentür war der Merkon mit zwei seiner Männer getreten.

»Was? Der Stuhl ... der Raum ... oder die Art und Weise, wie ich hierher gebracht worden bin, wie ein Hund, wegen Vergehen, die ich nie begangen habe?«

»Du fürchtest mich immer noch nicht? Das werden wir beizeiten ändern. Ich bin wirklich froh, dass man dich lebendig hergeschafft hat. Ich wollte mit dir sprechen.«

»Ich höre.«

»Da bist du im Moment leider nicht der Einzige.« Der Merkon gab mit der Hand ein Zeichen. »Wache, führ diese Männer hinaus und gib ihnen die Belohnung, die ihnen zusteht. Sorge dafür, dass niemand diesen Raum betritt oder verlässt, bis ich rufe.«

Der Wächter führte Roan und seine Männer zur Seitentür hinaus und schloss die Tür hinter ihnen.

Der Merkon schritt zu dem großen Stuhl und setzte sich. »Nun, wo soll ich anfangen?«

»Erkläre mir, warum du dich so für mich interessierst. Und was du über das Licht weißt, das mich hergebracht hat.«

Der Merkon lehnte sich zurück. »Du bist doch ein schlauer Bursche. Ich hätte gedacht, dass du das mittlerweile alles selbst herausgefunden hättest.«

»Ich habe nur herausgefunden, dass ich aus irgendeinem Grund eine Bedrohung für dich darstelle und du keine Mühe gescheut hast mich zu beseitigen. Auf dem Weg nach Trisad hast du sogar deine eigenen Leute überfallen lassen, um mich zu kriegen. Warum?«

Der Merkon fasste an den merkwürdigen Helm, der sein Gesicht bedeckte, und nahm ihn ab. Verblüfft sah Mark ihn an. Der Merkon hatte keinerlei Ähnlichkeit mit den Tsook oder irgendwelchen anderen Menschen, die Mark in dieser Welt getroffen hatte. Er sah eher aus wie ...

»Du bist klug, das wusste ich.« Der Merkon setzte den Helm wieder auf. »Du hast Recht. Ich bin nicht von Transall. Ich bin aus deiner Zeit. Oder zumindest ungefähr. In welchem Jahr bist du durch den Zeitstrahl gekommen?«

»Du ... du bist durch das Licht hergekommen? Dann weißt du auch, wo es ist und wie man zurückkommt?«

»Aber warum sollte ich? Ich wusste, dass eines Tages jemand den Zeitstrahl entdecken würde. Es war nur eine Frage der Zeit. Ich hoffte allerdings, dass das erst viel später, lange nach meiner Herrschaft, geschehen würde. Als ich von dir erfuhr, wusste ich, dass etwas getan werden musste.«

»Was meinst du?«, fragte Mark. »Wir können doch zusammenarbeiten und gemeinsam zurückgehen.«

»Das ist es ja gerade. Ich will nicht zurück. Hier bin ich Herrscher über eine ganze Welt. Die Menschen hier sind Wachs in meinen Händen. Unwissende Narren. Diese Wilden halten mich für das weiseste, mächtigste Lebewesen aller Zeiten.«

Mark ließ sich auf einer Bank nieder. »Das ist auch etwas, was ich nicht verstehe. Wie konnte das alles geschehen? Was hat diesen Wandel überhaupt herbeigeführt?«

»Soweit ich herausfinden konnte, gab es eine schlimme Seuche, hervorgerufen durch eine Art Ebola-Virus, wie es bei den Affen in Afrika vorkommt. Es war hochansteckend und führte anscheinend zu einem qualvollen Tod. Den Befallenen quoll das Blut aus sämtlichen Körperöffnungen, bis sie starben. Die Wissenschaftler suchten vergeblich nach einem Heilmittel. Die Krankheit verbreitete sich über die ganze Erde und tötete mindestens siebzig Prozent der Weltbevölkerung. Die Infrastrukturen brachen zusammen, ganze Länder starben regelrecht aus und über mehrere Generationen hielt das immer noch aktive Virus die Bevölkerungszahl so niedrig, dass eine Entwicklung nicht möglich war. Als das Virus schließlich inaktiv wurde, war so viel Zeit vergangen, dass alle Errungenschaften der Zivilisation in Vergessenheit geraten waren. Die menschliche Rasse musste wieder von vorn beginnen. Eine interessante Geschichte.«

»Das Virus kann aber nicht die Veränderungen im

Aussehen der Menschen und Pflanzen verursacht haben. Wie ist das geschehen?«

»Das war schwieriger herauszufinden. Ich vermute, durch den Bevölkerungsschwund in Supermächten wie den USA war niemand mehr da, der die Atomwaffen bewachte. Sie wurden von Terroristen in Beschlag genommen, die sie willkürlich abschossen. Die ganze Erde wurde dadurch schwerwiegenden, biochemischen Veränderungen unterworfen und in den darauf folgenden zweitausend Jahren überlebten nur die stärksten der Arten.«

»Und was ist mit dem Licht?«

»Das Licht ist eine Zeitfalte, eine Laune der Natur. Ich entdeckte es in den achtziger Jahren des zwanzigsten Jahrhunderts, als ich aus einem Gefängnis in Arizona ausgebrochen war. Es war ein unglaubliches Ding. Ich wollte verschwinden, und Hokuspokus war ich so weit weg, dass niemand mich je wieder finden konnte.«

»Willst du nicht zurück? Was ist mit deiner Familie, deinen Freunden?«

»Hörst du nicht zu? Ich habe doch gesagt, ich war im Gefängnis. Ich hatte keine Familie. Ich hatte nichts. Hier habe ich alles. Und ich habe nicht die Absicht mir das von dir nehmen zu lassen.«

»Ich will dir nichts nehmen. Ich will nur das Licht wieder finden.«

»Und wenn du es niemals findest? Du würdest bald anfangen den Menschen hier dein Wissen weiterzugeben. Ich habe deine Rüstung gesehen. Was hast du ihnen sonst noch beigebracht? Lesen? Die Herstellung von Waffen? Das kann ich nicht zulassen. Sie könnten ermutigt werden ihr neues Wissen gegen mich zu gebrauchen.«

»Du hast den Verstand verloren. Ich werde jetzt gehen.«

Der Merkon zog sein Schwert aus der Scheide. »Das wirst du nicht.«

Mark warf seinen Umhang ab und griff nach seinem eigenen Schwert. Er hatte es kaum gezogen, als er einen Schlag gegen seinen Kopf parieren musste.

»Du hattest einen guten Lehrmeister, Junge. Aber nicht gut genug.« Der Merkon griff ihn nun von der Seite an.

Mark wich aus, trotzdem ritzte die Schwertspitze sein Hemd entzwei. Er wirbelte herum und ging in Angriffsstellung. Doch der Merkon parierte, sprang vor und stieß Mark nach hinten auf eine Bank.

»Jetzt wirst du sterben und niemand in dieser oder einer anderen Welt wird wissen, was dir zugestoßen ist.« Der Merkon zwang Mark nach unten, bis er flach auf der Bank lag.

»Bevor ich dich töte, Kakon, sollst du wissen, dass du das Licht niemals gefunden hättest. Es taucht da und dort auf, ganz willkürlich. Es gibt kein vorhersehbares Muster.« Er kam mit der Klinge ganz nah an Mark heran. Der scharfe Stahl war nur Zentimeter von seinem Hals entfernt.

Mark versuchte ihn wegzuschieben, doch der Merkon war zu stark. Da zog er die Knie an und trat zu. Der Merkon verlor das Gleichgewicht und Mark ließ sich von der Bank rollen.

Dann sprang er auf die Füße und schwang sein Schwert, wie Sarbo es ihm gezeigt hatte, und schlitzte den Bauch des Merkon auf. Ein roter Fleck breitete sich auf dessen Hemd aus. Der Merkon stolperte und rang nach Luft. Mark preschte nach vorn und schlug mit einem gezielten Schlag dem Merkon das Schwert aus der Hand.

»Jetzt werden wir ja sehen, wer hier sterben muss.« Mark erhob das Schwert.

In diesem Augenblick wurde das Gebäude von einer gewaltigen Explosion erschüttert. Roan und Jod brachen zur Seitentür herein, jeder mit einem schweren Sack beladen.

Roan fuchtelte ihm zu. »Wenn du deine Angelegenheiten hier geregelt hast, Kakon, sollten wir aufbrechen. Francle hat dein Pulver etwas zu reichlich bemessen. Die halbe Ostmauer ist verschwunden und ihre Pferde sind alle auf und davon.«

Mark ließ langsam sein Schwert sinken. »Ich bin fertig. Dieser Mann ... hat nicht das, was ich wollte.«

»Du wirst ihn doch nicht am Leben lassen?«, fragte Jod ungläubig.

»Seine Wunden sind tödlich. Er wird den langsamen, qualvollen Tod sterben, den er verdient.« Mark ergriff den Helm des Merkon und setzte ihn auf. »Francle wird schon auf uns warten.«

Der Burghof war ein einziges Chaos. Die Männer des Merkon rannten wild durcheinander. Francle und die anderen saßen schon auf ihren Pferden.

Mark schüttete noch etwas Schießpulver auf die Festungsstufen. Als er sich weit genug entfernt hatte, nahm er eine Fackel und warf sie auf das Pulver. Die Explosion schleuderte Menschen und Gegenstände in alle Himmelsrichtungen. Die ganze Vorderseite des Hauptgebäudes fiel in sich zusammen.

Roan reichte Mark die Zügel. »Keine schlechte Arbeit, Bandit.«

Mark sprang auf sein Pferd. »Weg hier.«

Kapitel 49

Es war früh am Morgen. Mark hatte Feuer gemacht und saß grübelnd davor. Keine Frage, der Merkon war wahnsinnig. Sein Hunger nach Macht ließ nichts anderes mehr zu. Die Reise nach Listra war reine Zeitverschwendung gewesen.

Mark seufzte. Er hatte sich mit der Räuberbande tief in den Wald zurückgezogen, außerdem hatten sie Wachposten aufgestellt, um sich vor möglichen Verfolgern zu schützen.

Die großen Säcke mit dem erbeuteten Schatz lagen noch an derselben Stelle, wo sie sie in der vergangenen Nacht fallen gelassen hatten. Durch den langen Ritt waren sie so erschöpft gewesen, dass sie in voller Montur eingeschlafen waren.

Jod war wütend, weil Mark den Merkon nicht getötet hatte, und eigentlich konnte er sich sein Handeln auch nicht richtig erklären. Vielleicht lag es daran, dass er durch den Merkon endlich eine Verbindung zu seiner Welt gefunden hatte.

Hinter ihm ertönten Schritte. Mark drehte sich um und erblickte Roan, der zu ihm ans Feuer trat.

»Du bist früh auf, Kakon. Was ist los? Kannst du es nicht erwarten, bis du deinen Anteil der Beute bekommst?«

Mark warf einen Ast ins Feuer. »Ehrlich gesagt interessiert mich die Beute nicht besonders. Ihr könnt sie von mir aus unter euch aufteilen.«

Roan schüttelte den Kopf. »So einen wie dich habe ich noch nie gesehen. Du siehst nicht nur anders aus, du denkst auch ganz anders.« Der junge Mann wärmte sich die Finger am Feuer. »Du kannst mir deine Geschichte ruhig erzählen, Kakon. Ich möchte wissen, was mit dir los ist.«

»Die Geschichte ist die, dass der Merkon durch mich seine Herrschaft bedroht sieht. Und ich dachte, er hätte wichtige Informationen für mich. Nun hat sich herausgestellt, dass wir uns beide getäuscht haben.«

»Was willst du jetzt tun? Er wird dich sicher verfolgen lassen.«

»Ich weiß nicht recht. Ich glaube, mir bleibt nichts anderes übrig, als weiter nach Antworten zu suchen. Vielleicht gehe ich für eine Zeit lang wieder in mein Dorf zurück. Dort gibt es ein Mädchen ...«

Roan setzte sich ruckartig auf. »Ein Mädchen? Wie kann ich dir dabei helfen? Meine Männer stehen dir zur Verfügung.«

Der laute Schrei eines Vogels zerriss die morgendliche Stille.

Roan sprang auf. »Das ist der Posten. Da ist jemand im Wald.«

Mark folgte Roan zwischen den Bäumen hindurch zu einem Dickicht, hinter dem sie sich versteckten und warteten. Kurze Zeit später ritt ein großer Trupp schwer bewaffneter Männer vorbei.

Als sie außer Sichtweite waren, gab Roan Mark ein Zeichen zum Lager zurückzukehren.

»Hast du den Mann an der Spitze gesehen, Kakon?«

»Nicht genau. Wer war das?«

»Das war Mordo, der Sohn des Merkon. Er ist noch grausamer als sein Vater.«

Im Lager herrschte reges Treiben. Francle, Jod und die anderen waren von dem Vogelschrei wach geworden. Sie hatten das Feuer erstickt und machten sich fertig zum Aufbruch.

»Wer war es?«, fragte Jod. »Sind sie schon hinter uns her?«

Roan nickte. »Sieht ganz so aus. Und Mordo führt sie an. Wir sollten lieber noch weiter in den Wald hinein.«

»Geht nur«, sagte Mark. »Aber für mich ist es, glaube ich, Zeit, meinen eigenen Weg zu gehen.«

»Was soll das?«, fragte Jod. »Du willst uns doch nicht ohne deinen Anteil verlassen?«

»Er muss weiter, Jod.« Roan schlug Mark auf die Schulter. »Er hat keine Zeit für Reichtümer. Er hat ein Mädchen, das auf ihn wartet.«

Mark wollte schon mit Erklärungen ansetzen, aber dann entschloss er sich, doch lieber zu schweigen. Er band sein Pferd los und sagte: »Es war schön mit euch. Ihr seid bei mir zu Hause immer willkommen.«

»Und du bist immer bei uns willkommen.« Roan überreichte ihm einen zusätzlichen Wasserbeutel. »Nimm das. Du wirst es gebrauchen können, wenn du wieder durch die Wüste kommst.« Und als Mark sein Pferd bestieg, sagte Roan: »Ich wünsche dir, dass du findest, wonach du suchst, Kakon.«

Mark drehte sich zu ihm um und winkte. »Das wünsche ich mir auch, Roan.«

Kapitel 50

Der Ritt durch die Wüste war einsam und ereignislos. Mark hatte Trisad gemieden und nur nach Einbruch der Dunkelheit die raren Wasserstellen aufgesucht.

Er fand viel Zeit zum Nachdenken auf dieser Reise. Wenn es stimmte, dass das blaue Licht ganz willkürlich auftauchte, konnte er kaum hoffen zu seiner Familie und seiner Zeit zurückzukehren. Er würde wohl immer weiter danach suchen, aber es wäre wie die Suche nach der Nadel im Heuhaufen. Er musste sich endlich damit abfinden, in dieser Welt weiterzuleben.

Jetzt wollte er nur noch eins – zurück zum Dorf. Das Dorf war das einzige Zuhause, das er auf dieser fremdartigen, neuen Erde gefunden hatte. Und er wollte schlafen. Eine ganze Woche schlafen.

Er ritt mit hängenden Zügeln und überließ seinem Pferd die Führung.

Bald schon näherten sie sich dem Dorf. Vor ihm erstreckte sich das rote Tal. Er musste sich zurückhalten, um nicht in Galopp zu fallen.

Ein Jagdhorn ertönte hinter einem Fels. Mark musste lächeln. Es war gut, wieder zu Hause zu sein.

Als er zum Dorf kam, ertönte vom Wachturm herab ein weiteres Horn, das ihn als Freund auswies.

Mark ritt durch das Tor und die Hauptstraße entlang. Alles war unverändert. Tybor, der Schmied, arbeitete wie immer an seiner Esse und auch die anderen gingen ihrer täglichen Arbeit nach.

Alle winkten ihm zu und hießen ihn willkommen. Tybor wollte wissen, warum er erst jetzt zurückkehrte.

Von weitem näherte sich eine Staubwolke. Ein Junge auf einem grauen Reittier kam vor ihm zum Stehen. »Ich wusste, dass du es bist.«

Mark scherzte ungläubig: »Sollte das Barow sein? Ich traue meinen Augen kaum. Du bist in meiner Abwesenheit zu einem richtigen Krieger herangewachsen.«

Barow richtete sich auf seinem Pferd auf. »Ja, es dauert nicht mehr lang, Kakon.« Er wendete und ritt neben Mark her. »Ich habe auf deine Sachen aufgepasst, wie du gesagt hast. Du wirst zufrieden mit mir sein.«

»Mark. Du bist zurück.« Leeta winkte ihm vom Lagerhaus aus zu. Eilig lief sie auf Mark zu. »Wie schön dich wieder zu sehen. Ich habe mir solche Sorgen um dich gemacht, weil du so lange fort warst. Hast du etwas über das Licht erfahren?«

»Das Licht erscheint, wo immer es will. Es ist hoffnungslos, danach zu suchen. Dieser Teil meines Lebens ist vorbei. Ich habe beschlossen mein Leben hier fortzuführen. Und wie ist es dir ergangen?«

»Gut. Ich habe mich bei den Tsook eingelebt und bin jetzt für vieles verantwortlich. Unter anderem für deinen kleinen Freund Barow. Er kann einen zum Wahnsinn treiben, unmöglich auf ihn aufzupassen, vor allem seitdem du ihm das graue Reittier geschenkt hast.«

Mark winkte Barow zu. »Ein richtiger Krieger braucht auch ein Pferd.«

»Oh, du hast einen schlechten Einfluss auf ihn«, sagte Leeta mit gespieltem Zorn. Dann lächelte sie. »Jetzt muss ich aber die Sachen vom Lagerhaus holen. Wir sehen uns später und dann können wir uns ausführlich unterhalten.«

»Fein.« Mark fragte Barow: »Und wie geht es Sarbo? Hat er es geschafft?«

»Komm und sieh selbst, Kakon.« Barow lenkte sein Pferd herum und Mark folgte ihm um das Lagerhaus bis zu einer großen Hütte nahe der Dorfmauer.

Auf der Türschwelle saß Yonk und schnitzte an einem Ast. Als er Mark erblickte, sprang er auf. »Herr, Ihr seid wieder da. Das muss ich Sarbo erzählen.« Er verschwand eilig im Inneren der Hütte.

Nach wenigen Augenblicken erschien Sarbo in der Tür. Er lachte über das ganze Gesicht. »Du bist zurück. Wahrscheinlich hast du dein Ziel ohne meine Hilfe nicht erreicht.«

»Das ist eine lange Geschichte. Wenn ich mich ausgeruht habe, erzähle ich sie dir.« Mark betrachtete seinen Freund. »Schön, dich so munter zu sehen. Sagtest du nicht, du wolltest zum Sterben hierher zurück?«

Sarbo räusperte sich. »Das habe ich nie gesagt. Du musst mich falsch verstanden haben.«

»Nein, das habt Ihr gesagt, Herr«, bemerkte Yonk und schlüpfte an ihm vorbei aus der Tür. »Dort draußen in der Wüste habt Ihr ausschließlich von Eurem Begräbnis gesprochen und von den Liedern, die dabei gesungen werden sollten.«

Sarbo verzog das Gesicht. »Wie du siehst, ist es mir immer noch nicht gelungen, diesen Knirps zum Schweigen zu bringen. Selbst seine Freiheit hat nichts bewirkt. Er meint, er kann jetzt noch mehr reden.«

Mark wendete sein Pferd. »Ich komme wieder, Sarbo. Es gibt noch jemanden, den ich begrüßen möchte.«

»Wer denn, Kakon? Darf ich mitkommen?« Barow trabte hinter ihm her.

»Ich denke schon. Schließlich gehen wir zu dir nach Hause.«

»Nach Hause? Ach, du willst meinen Vater begrüßen. Ich glaube, er ist heute draußen auf dem Acker.«

Mark schwieg. Er lenkte sein Pferd von der Hauptstraße hinunter und schlug den Pfad zu Dagons Hütte ein. Dort angekommen glitt er hinab und reichte Barow die Zügel. »Kümmer dich um das Pferd. Es hat eine lange, schwere Reise hinter sich.«

Mark wartete, bis Barow das Tier zur Tränke geführt hatte, dann klopfte er an.

Die Tür wurde aufgerissen.

»Kakon«, rief Megaan und trat hinaus. »Ich bin so froh dich wieder zu sehen. Sarbo meinte, du würdest wahrscheinlich lange Zeit fortbleiben.«

»Freust du dich wirklich mich zu sehen?«

Ihr Blick wurde weich. »Natürlich. Ich war mir nicht sicher, ob ich dich jemals wieder sehen würde.«

»Und, hätte dir das etwas ausgemacht?«

Megaan runzelte die Stirn. »Bist du zurückgekommen, um mit mir zu streiten?«

»Nun.« Mark trat näher und legte die Arme um sie. »Eigentlich bin ich deshalb gekommen.« Er beugte sich herab und küsste sie.

Kapitel 51

»Stimmt es, dass du meine Schwester heiraten willst?«, fragte Barow angeekelt.

»Wer behauptet denn so etwas?« Mark rammte einen Pfahl in den Boden.

»Seit Wochen sprechen die Leute von nichts anderem. Stimmt es?«

»Um die Wahrheit zu sagen, ich habe auch schon daran gedacht. Schau, wenn ich Megaan heirate, werden wir beide Brüder. Allein deshalb würde es sich lohnen. Oder was meinst du?«

»Ich meine, du spinnst. Megaan heiraten, das lohnt sich nicht. Sie ist so gemein und möchte immer bestimmen.«

»Sprecht ihr über mich?« Megaan kam von hinten auf sie zu.

Mark drehte sich um. Er legte die restlichen Pfähle beiseite und wischte sich die Hände an der Hose ab. »Barow hat mir gerade deine schlechten Eigenschaften aufgezählt. Er findet, die Heirat mit dir wäre ein großer Fehler. Weil du so ein Dickkopf bist und so weiter.«

Megaan verschränkte ihre Arme. »Barow, Großmutter braucht deine Hilfe beim Gemüse. Du sollst nach Hause kommen.«

»Das sagst du nur, um mich loszuwerden«, schmollte Barow.

»Ab mit dir«, befahl Megaan.

Sie sahen zu, wie er den Grauen bestieg und davonritt. Dann wandte sich Mark zu Megaan und ergriff ihre Hand.

»Barow behauptet, die Leute im Dorf sprächen über uns.«

Megaan errötete. »So sind die Tsook eben. Sie freuen sich immer, wenn es etwas zu feiern gibt.«

»Und unser Fest wird besonders schön«, sagte Mark und nahm ihre andere Hand. »Hätte ich nur schon etwas angepflanzt. Am Anfang wird es nicht leicht werden für uns.«

Megaan reckte das Kinn. »Ich mache mir keine Sorgen. Du bist ein guter Jäger. Hungern müssen wir nicht.«

Ihr Lob erfüllte ihn mit Stolz. Er hatte sich zu jung gefühlt für diesen Schritt, zu jung für die Ehe, für ein gemeinsames Leben, aber jetzt erschien alles so ... so richtig. Für die Kultur der Tsook waren sie beide längst im heiratsfähigen Alter. »Apropos jagen, deine Großmutter hat mich heute gebeten frisches Wild mitzubringen. Ich muss jetzt los, sonst ist es dunkel, bis ich zurückkomme. Komm doch einfach mit.«

Megaan ließ seine Hand los. »Du weißt, ich darf außerhalb des Dorfes nicht allein mit dir sein. Das gehört sich nicht.«

»Du bist doch auch jetzt allein mit mir.« Er legte den Arm um ihre Schulter. »Und ich erinnere mich, wie du vor gar nicht langer Zeit hinausgeritten bist, um nach mir zu sehen, als ich verwundet war. Auch damals waren wir allein.«

»Das war etwas anderes. Damals waren wir jünger.« Sie versuchte sich ihm zu entziehen. »Kakon. Es wäre eine Schande für meine Familie.«

Mark küsste sie leicht auf die Stirn. »Das wäre jetzt genau das Falsche, nicht wahr?« Er band sein Pferd los und schwang sich hinauf. »Sag deiner Großmutter, ich bin bald zurück. Wenn ich heute für ihren Fleischtopf nichts finde, bleibe ich so lang, bis ich etwas erlegt habe.«

»Kakon.«

»Ja?«

»Ich finde, du solltest nicht so lange fortbleiben.«

Mark richtete sich auf. »Und ich finde, Barow hat Recht. Du bist wirklich zu streng.« Er trat sein Pferd in die Seite und galoppierte los.

Der Lehmklumpen verfehlte ihn nur um Zentimeter.

Kapitel 52

Mark ließ sich an dem kleinen Feuer nieder. Hätte er nur nicht die beiden Hasen laufen lassen, weil er bei Megaan und ihrer Familie Eindruck machen und mit größerem Wild nach Hause kommen wollte. Und jetzt saß er ohne alles da.

Kurz vor Einbruch der Dunkelheit war er auf die Spur eines Tragg gestoßen, eines großen elchähnlichen Tieres. Doch jetzt war es zu spät zum Jagen geworden. Er würde bis zum Morgen warten und dann die Spur wieder aufnehmen müssen.

Er stützte sich auf seine Ellbogen. In dieser Welt ließ es sich ganz gut leben. Er konnte tun und lassen, was er wollte. Er war ein Tsookkrieger und in wenigen Monaten würde er eine Frau und eine eigene Familie haben.

Mark hatte jeden Gedanken an sein anderes Leben bewusst verdrängt. Er schätzte sein Alter auf ungefähr siebzehn, in Transall war er ein erwachsener Mann. Sarbo ärgerte ihn zwar immer noch gern wegen seiner Jugend, aber Mark merkte doch, dass er ihm mit größerer Achtung begegnete als früher.

Dagon hatte erfreut reagiert, als Mark um Megaans Hand angehalten hatte. In den Monaten seit seiner Rückkehr hatten sie oft über Marks Zusammenstoß mit dem Merkon gesprochen. Sollte das Oberhaupt oder einer seiner Männer je in das Dorf kommen, würden sie einfach behaupten, Mark sei nie zurückgekehrt.

Er schloss die Augen und war schon beinahe eingeschlafen, als er einen Ast knacken hörte. Leise griff Mark nach der Armbrust neben sich und rollte sich vom Feuer fort ins Dunkel.

»Gegrüßt seist du, Feuer. Ich bin ein müder Wanderer auf der Suche nach Essen und einem Nachtlager.«

Mark blieb im Dunkeln. »Komm hervor und lege deine Waffen nieder.«

Ein bewaffneter Mann trat hervor und bückte sich um sein Schwert niederzulegen. Im selben Augenblick hörte Mark ein Rascheln hinter sich im Gebüsch.

Er wich zur Seite, doch zu spät. Eine große, schwere Gestalt stürzte sich auf ihn und wand ihm die Armbrust aus den Händen. Mark wehrte sich vergeblich, er wurde in voller Länge flach auf den Boden gedrückt.

Der andere Mann nahm sein Schwert wieder an sich und kam herüber. »Nun, wen haben wir denn da? Ist das nicht unser kleiner Bandit? Lass ihn los, Francle. Ich glaube, den kennen wir.«

»Roan?« Mark rappelte sich unter seinem Angreifer hervor. »Bist du es? Und du, Francle? Was macht ihr denn hier in dieser Gegend?«

»Wir suchen dich.« Roan half ihm auf und Francle klopfte ihm entschuldigend auf die Schulter. »Natürlich haben wir nicht erwartet, dich hier draußen in den Hügeln zu finden. Warum bist du nicht im Dorf bei deinem Mädchen? Hat sie dir einen Korb gegeben?«

»Nein. Wir wollen sogar bald heiraten. Ich bin auf der Jagd.«

»Ohne viel Glück, so wie es hier aussieht.«

»Das wird sich ändern. Du sagst, ihr sucht nach mir. Warum?«

Roan trat ans Feuer und setzte sich. »Leider kommen wir mit schlechten Nachrichten. Jod und die anderen sind alle tot. Mordo hat sie bei dem Händler auf der anderen Seite des Flusses erwischt. Er hat alle umgebracht, auch den alten Händler und seine Familie. Francle und ich waren als Wachen im Lager geblieben, sonst wären wir auch dran gewesen.«

»Wie schrecklich, Roan.« Mark ließ sich neben ihm nieder. »Ihr zwei könntet doch zu mir ziehen. Im Dorf habe ich eine schöne Hütte.«

»Da ist noch etwas, Kakon. Mordo hat den Platz seines Vaters eingenommen. Du hast den Merkon so schwer verwundet, dass er seine Gemächer nicht mehr verlässt. Mordo hat Rache geschworen. Er hat den ganzen Wald niedergebrannt, um dich zu finden, und ist jetzt mit dem größten Teil seiner Soldaten auf dem Weg hierher.«

Mark schluckte. Es vergingen einige Sekunden, bis er die Tragweite dieser Nachricht begriffen hatte. Mordo war entschlossen ihn zu töten und nichts würde ihn davon abbringen.

»Ich habe mein Dorf in Gefahr gebracht, Roan. Ich hätte nie zurückkehren dürfen.« Mark begann Erde ins Feuer zu treten. »Ich muss sie warnen und dann werde ich verschwinden ... für immer.«

»Aber wohin, Kakon? Der Sohn des Merkon wird dich jagen, wohin du auch immer fliehen magst.«

Für einen Moment blieb Mark völlig regungslos stehen. »Ich werde nur so weit gehen, wie es mir gefällt. Und wenn Mordo dann in meine Gegend kommt, werde ich kämpfen.«

»Das klingt schon besser«, sagte Roan. »Zufällig sind Francle und ich zurzeit heimatlos. Wir würden zu gerne mitkommen.«

Francle nickte heftig.

Mark schüttelte den Kopf. »Das ist allein meine Angelegenheit. Ich kann nicht von euch verlangen euer Leben aufs Spiel zu setzen.«

»Wieso verlangen? Außerdem habe ich auch noch eine Rechnung mit Mordo zu begleichen. Du weißt doch, er hat mich damals auffliegen lassen.«

»Du bist ein guter Freund, Roan.« Marks Stimme klang gefährlich beherrscht, beinahe kalt. »Aber diesen Kampf muss ich allein antreten.«

Kapitel 53

»Bitte versteh mich doch, Megaan. Ich gehe fort, weil ihr mir wichtig seid. Solange ich hier bin, seid ihr alle in Gefahr. Mordo wird das ganze Dorf niederbrennen und alle umbringen. Er kennt kein Erbarmen, er will meinen Kopf um jeden Preis.«

»Aber unsere Krieger werden dich verteidigen. Sie haben einen Blutschwur geleistet. Mein Vater sagt, wir werden bis zum letzten Mann kämpfen, wenn nötig.«

»Darum geht es doch! Gerade das möchte ich verhindern. Wenn ich gehe, muss keiner von euch sterben. Es gibt keinen anderen Ausweg.«

»Lass ihn gehen, Megaan.« Leeta trat aus dem Haus. »Mark wählt den richtigen Weg. Wenn dir an ihm liegt, darfst du ihn nicht zurückhalten.«

Megaan vergrub ihr Gesicht an Marks Brust. »Wenn das alles vorüber ist ...«

Mark drückte sie fest an sich. »Wenn es vorüber ist.«

Barow brachte das silbergraue Pferd. »Ich habe Essen und Vorräte eingepackt. Und den Beutel habe ich in Tücher eingeschlagen, damit das Pulver trocken bleibt.«

»Danke, Barow.« Mark ergriff die Zügel. »Ich muss dich wieder bitten, dich um meine Sachen zu kümmern. Vor allem pass auf deine Schwester auf. Auch wenn sie manchmal ein bisschen dickköpfig und streng ist.« Lächelnd blickte er auf Megaan herab.

Dagon erhob sich von der Bank, wo er mit Sarbo, Roan und Francle gesessen hatte. »Ich wünsche dir viel Glück, Kakon. Und vergiss nicht, dass hier immer dein Zuhause ist.«

Mark nickte. »Ich werde es nicht vergessen.«

»Auf Wiedersehen, Kind«, bellte Sarbo. »Für Beerdigungen habe ich doch nicht viel übrig, also komm lebend zurück.«

»Ich werd mir Mühe geben.«

Roan nickte ihm zu. »Sollen Francle und ich wirklich nicht mitkommen? Wir würden Mordo zu gern seinen Verrat vergelten.«

»Diesmal nicht.« Mark ließ Megaan los und bestieg sein Pferd. Er sah sie alle noch einmal fest an und versuchte sie sich so in sein Gedächtnis einzuprägen.

Es war Zeit zu gehen.

Vom Wachturm ertönte ein Warnsignal, gefolgt von zwei weiteren Hornstößen. Mark richtete sich auf. Er hatte zu lange gewartet. Mordo war bereits da.

»Ich werde sie ablenken«, rief Mark, schlug seinem Pferd die Fersen in die Seite und preschte zum Dorfausgang.

Zwei Krieger mühten sich gerade damit ab, das Tor zu schließen. Mark galoppierte durch die schmale Öffnung und hielt an. Von weitem kamen Mordo und seine Krieger auf das Dorf zu.

Mark wartete am Tor, bis er sicher sein konnte, dass sie ihn erkannten. Dann lenkte er sein Pferd in Richtung Berge.

Es funktionierte. Mordo und die Männer fielen in Galopp und kamen hinter ihm her.

Mark flog die Hügel hinan, setzte über Steine und

Büsche. Jahre zuvor hatte er versucht auf diesem Weg der Sklaverei zu entkommen. Damals hatte er nicht gewusst, welche Richtung er einschlagen sollte. Doch jetzt kannte er sich genau aus und hoffte, sie würden ihm folgen.

Hinter sich hörte er laute Befehle und den Schlag galoppierender Tiere. Als er den Bergrücken erreicht hatte, schlug er den Weg ins Tal ein und ritt ungeschützt durch die Schlucht um sicherzugehen, dass sie ihn nicht aus den Augen verloren.

Ein Pfeil schwirrte an seinem Kopf vorbei. Sie konnten ihn also sehen. Mark bog in ein Dickicht ab, wo ein schwer zugänglicher Pfad verlief, den er einen Monat zuvor auf der Jagd entdeckt hatte.

Seine Verfolger mussten ihre Geschwindigkeit drosseln und einzeln hintereinander durch das dornige Unterholz reiten. Während sie sich durch das Dickicht kämpften, war Mark bereits auf dem nächsten Hügel angekommen, von wo aus er sie beobachten konnte. Er schenkte seinem Reittier etwas Ruhe und wartete, bis Mordos Männer sich neu formiert hatten.

Als sie wieder ins Freie kamen, konnte Mark sie zählen. Es waren vierzig Krieger. Keine allzu große Truppe, doch genug, um ein Dorf niederzumachen.

Jemand hatte ihn entdeckt und schrie. Die Jagd ging weiter.

Mark ritt jetzt im Trab. Bei diesem Tempo würden sie abends weit genug vom Dorf entfernt sein. Was dann geschehen sollte, wusste er noch nicht. Das Wichtigste war, sie immer weiter durch unbekanntes Terrain zu führen.

Mordo spielte bereitwillig mit. Sein Jagdfieber war unermüdlich. Zweimal schon hatte er Mark in die Enge getrieben und jedes Mal war ihm der Feind vor der Nase entwischt.

Sie verfolgten ihn bis zum Einbruch der Dunkelheit, dann musste Mordo widerwillig befehlen an einem Berghang ein einfaches Lager aufzuschlagen.

Auch Mark ließ sich nieder. Er befand sich direkt über ihnen in den Felsen, von wo aus er sie beobachten konnte. Nach ein paar Stunden Schlaf überprüfte er, ob sein Pferd gut festgemacht war, und kroch zum Lager hinunter. Er wartete lange, bis er sicher war, dass der Mann, der die Pferde bewachte, wirklich eingeschlafen war. Dann löste er die Leinen der Pferde, die sich sofort auf und davon machten. Die Leinen warf er in eine nahe gelegene, tiefe Felsspalte.

Eigentlich hatte er vorgehabt sie noch um einige andere Ausrüstungsgegenstände zu erleichtern, aber eines der Pferde stürzte über einen toten Baumstamm und weckte die Männer auf.

Mark schlich zu seinem Platz zurück, packte seine Sachen zusammen und wanderte bis zum Fuß des Berges, wo er den Morgen erwartete.

Kapitel 54

Die meisten Männer von Mordo mussten jetzt zu Fuß gehen, Mark hatte also keine Eile. Er führte sie gemächlich hinter sich her und nutzte die Zeit zum Nachdenken.

Sie waren schon zwei Tage unterwegs und hielten direkt auf den Urwald zu. Zuerst hatte Mark befürchtet, Mordo könnte die Verfolgung abbrechen. Aber Roan hatte Recht gehabt. Der Sohn des Merkon ließ sich durch nichts von seiner Rache abbringen.

Am Rand des Urwalds stieg Mark vom Pferd und lud Vorratstaschen und Waffen ab. Dort, wo er jetzt hinwollte, war kein Platz für das große Tier. Es konnte nicht durch das Gewirr von Bäumen und Schlingpflanzen hindurch.

Er streichelte den weichen Hals des Tieres. »Geh du nur zum Dorf zurück – dort werden sie gut für dich sorgen.« Dann holte er aus und gab dem Tier einen harten Schlag auf die Hinterflanke. Mit einem Satz sprang es davon in die Richtung, aus der sie gekommen waren.

Mark schulterte seine Armbrust und seine Vorratstaschen und machte sich auf in den Urwald. Dabei bemühte er sich, für Mordo und seine Männer deutliche Fußspuren zu hinterlassen.

Kaum war er im Wald, begann der Lärm der Schreivögel. Etwas an dem Gekreisch brachte ihn zum Lächeln.

Er machte einen großen Umweg und vermied bewusst

alle Wasserstellen. Mordo und seine Männer sollten selbst nach Wasser suchen. Er wollte ihnen nicht dabei behilflich sein.

Mark wanderte zu dem niedergebrannten Dorf der Pfeilmenschen. Außer ein paar verkohlten Stellen am Boden war nichts davon übrig. Er stand in der Mitte der Lichtung und dachte daran, wie es hier einmal ausgesehen hatte. Damals war er so froh gewesen endlich Menschen gefunden zu haben. Leeta und ihr Stamm waren die ersten Menschen gewesen, denen er in Transall begegnet war. Durch sie hatte er gelernt, dass Kriege und Morden in dieser Welt nicht nur Teil des Lebens, sondern das Leben selbst waren.

Er kam an die Stelle, wo die Pfeilmenschen den Urwaldpfad geschlagen hatten. Er war vollständig zugewachsen. Mark fand ein gutes Versteck für seine Sachen, nahm den Wasserbeutel und machte sich auf die Suche nach dem Bach.

Als er ihn gefunden hatte, holte er seine Habseligkeiten und ging tiefer in den Urwald hinein. Mordo sollte ihm folgen, aber er wollte es ihm nicht mehr so leicht machen.

Ab und zu hinterließ er Fußspuren und brach ein paar Zweige ab, schritt jedoch zügiger voran als zuvor. Er wollte rechtzeitig den dunklen Teil des Urwalds erreichen, um sich auf ihr Kommen vorbereiten zu können.

Es begann zu regnen. Mark erinnerte sich der plötzlichen Regenfälle in dieser Gegend. Ein Donnerschlag durchbrach die Stille und schwere Tropfen prasselten herab.

Er hielt sich dicht an den großblättrigen Bäumen, um nicht nass zu werden. Als er tiefer in den Urwald vordrang, war vom Regen gar nichts mehr zu spüren, weil das Wasser das dichte Blätterwerk nicht durchdringen konnte.

Mark erreichte die Lichtung, auf der er den Heuler getötet hatte, und ging zu dem großen Tümpel. Er achtete darauf, keine Spuren zu hinterlassen. Mordo sollte das Wasser nicht finden.

Am Rand des Tümpels hockte ein Hase und trank. Mark trat näher, bis er sein Spiegelbild erblickte. Der junge Mann, der ihm vom Wasser entgegenstarrte, war ein Fremder. Er hatte breite Schultern und einen kräftigen Oberkörper. Sein Haar reichte ihm tief bis zum Rücken. Seine dunkle Lederkleidung saß wie angegossen.

Das also hatten die Jahre aus ihm gemacht. Der Anblick gefiel ihm. Es war ein gutes Gesicht, das ihm da entgegensah, klug und stark. Ihm kam der Gedanke, dass er vielleicht ganz anders ausgesehen hätte, wäre er nicht hierher gekommen.

Er kniete nieder und schöpfte eine Hand voll kühles Wasser. Dann ging er vorsichtig wieder dorthin zurück, wo er die Spuren für Mordo gelegt hatte.

Schließlich kam er zu der Wiese am Rand des tiefen Urwalds, wo er die ersten schwierigen Monate verbracht und zu überleben gelernt hatte. Er dachte daran, wie hoffnungslos ihm damals alles vorgekommen war. Jetzt konnte er überleben, wo immer er wollte. Die Tiere und die Kräfte der Natur stellten keine Bedrohung mehr für ihn dar. In gewisser Weise waren sie sogar Freunde geworden.

Es krachte im Unterholz. Ohne hinzusehen wusste Mark, was es war. Ein Büffel hatte seine Witterung aufgenommen und suchte ihn. Er blieb ganz still stehen und wartete, bis er aufgab und sich trollte.

Dann ging er über die Wiese bis zu der Stelle, an der er sein Baumhaus gebaut hatte. Der Urwald hatte es verschluckt. Die Leiter stand aber noch da. Er befreite sie von Ranken und kletterte nach oben.

Der Boden des alten Baumhauses war durchgebrochen. Er blickte hoch in die Baumkrone und erwartete fast, Willie, den kleinen Affenbären und Freund jener schweren Tage, zu sehen.

Wieder grollte der Donner und der Regen trommelte auf das Blätterdach. Bevor er wieder hinabstieg, löste er ein paar lange Rindenstücke von den verwitterten Stämmen, die er für den Bau des Bodens verwendet hatte, und klemmte sie sich unter den Arm.

Die Dunkelheit des Urwalds machte ihn auch jetzt noch unruhig. Er ging weiter und gewöhnte seine Augen an das Dämmerlicht. Wenn Mordo klug war, würde er ihm nicht hierhin folgen. Es war ein gefährlicher Ort, selbst für jemanden, der sich gut auskannte.

An einigen strategischen Punkten spannte er in Knöchelhöhe lange Ranken über den Weg. Dann verstaute er die trockenen Rindenstücke. Später wollte er etwas von seinem Schwarzpulver darauf verteilen.

Prüfend zog er an einer Ranke und kletterte schnell, beinahe mühelos, daran empor. Oben in der Baumkrone band er seine Taschen an einem Ast fest.

Das Schnalzen begann.

Mark pflückte ein paar Baumsteine, hockte sich auf den Ast und wartete auf die Affenbären.

Sie sammelten sich in dem Baum zu seiner Rechten. Mark rührte sich nicht. Er hatte schon Jahre zuvor dieses

Spielchen mit ihnen getrieben. Er versteckte sich im Baum, bis sie fertig zum Angriff waren und darauf warteten, dass er unten vorbeikäme.

Dann sprang Mark auf, schrie und warf die Steine nach ihnen. Schutz suchend verschwanden sie tiefer im Wald und er lachte hinter ihnen her.

Nur eins der kleinen weißen Tiere blieb zurück. Mark blickte dem Affen in die Augen. »Willie? Bist du das?«

Einen Augenblick lang sah es aus, als wollte der Affenbär dableiben. Mark streckte die Hand nach ihm aus. Doch plötzlich wirbelte das Tier herum und raste hinter den anderen her in den Schutz der Dunkelheit.

»Wahrscheinlich ist es zu lange her.« Mark ließ sich auf den Boden herab und wanderte wieder in den lichteren Teil des Waldes. Von Mordo und seinen Männern keine Spur. Das war merkwürdig. Er hatte ihnen praktisch den Weg gewiesen. Sie hätten schon längst hier sein müssen.

Als er weitergehen wollte, traf ihn ein Baumstein mitten auf den Rücken. Mark drehte sich um. Vor ihm am Boden, halb im Schatten, hockte der Affenbär und sah ihn mit Unschuldsmiene an.

Mark hob den Baumstein auf und warf ihn zurück. Blitzschnell reckte sich der Affenbär hoch und fing ihn auf.

»Willie!« Mark setzte sich und wartete. Es dauerte einige Zeit, aber schließlich kam er heran.

Auf ein Zeichen von Mark sprang Willie ohne Zögern auf seine Schultern und schlang die Arme um seinen Hals.

»Schön, dass du da bist«, sagte Mark.

Willie schnatterte vor sich hin und Mark griff nach hinten und strich ihm über den Kopf. »Warte hier. Ich muss erst noch etwas nachsehen. Wir begrüßen uns richtig, wenn ich wieder da bin.«

Mark setzte ihn auf den Boden. Als Mark die Wiese überquerte, schimpfte Willie hinter ihm her. Das erinnerte ihn an das letzte Mal, als er seinen kleinen Freund zurückgelassen hatte.

Außer den üblichen Geräuschen des Urwalds war alles still. Mark wunderte sich. Er war sicher, dass die Fährte leicht zu finden war. Wo waren sie?

Er schlich sich bis zu der Lichtung, wo er den Heuler erlegt hatte. Von den Kriegern keine Spur. Mark ging nicht bis zu dem ausgebrannten Dorf zurück, sondern gleich zu der Stelle, an der seine Fährte in den Urwald hineinführte.

Es wurde langsam dunkel und am Waldrand sah er den Schein von Lagerfeuern. Anscheinend hatten sie beschlossen ihm nicht weiter zu folgen.

Mark schlich näher und versteckte sich hinter einem großen, roten Baumstumpf. Er erkannte Mordo, der mit verärgerter Miene auf und ab ging. Einer der Soldaten beschwerte sich lautstark darüber, dass der Spähtrupp, den Mordo in den Urwald geschickt hatte, noch nicht zurück war.

So war das also, dachte Mark. Mordo wusste nicht recht, ob er sich in den Urwald trauen konnte, und hatte Späher ausgeschickt. Das war weniger gut. Mark zog sich zurück. Morgen wollte er sich überlegen, wie er Mordo doch noch in den Urwald locken konnte.

Kapitel 55

Eine schwere Explosion erschütterte den stillen Morgen. Drei Männer, die in der Nähe des Feuers schliefen, in das Mark seine selbst gebastelte Bombe hineingeworfen hatte, wurden zur Seite geschleudert.

Staub stieg auf und innerhalb weniger Sekunden war das Lager zum Leben erwacht. Einer entdeckte eine davonrennende Gestalt. »Dort läuft er!«

»Ihm nach«, schrie Mordo. »Ein Sack voll Gold für den, der ihn tötet!«

Mark rannte von einem Baum zum nächsten und gab jedes Mal nur kurz den Blick auf sich frei. Als er sich sicher war, dass sie angebissen hatten, lief er geradewegs in den tiefen Urwald hinein.

Auf einer kleinen Lichtung schnaubte ein Büffel. Seine Hörner und sein Maul waren blutverschmiert und er schleuderte etwas durch die Luft, das aussah wie die Überreste eines von Mordos Spähern.

Mark erschauderte und sah weg. Er hatte jetzt andere Sorgen. Es beunruhigte ihn, dass die Späher irgendwo vor ihm durch den Urwald streiften.

Hinter sich hörte er die Verfolger. Er umrundete die Lichtung und wartete auf der anderen Seite. Der Büffel erschrak, als die Krieger auftauchten, stampfte mit den Hufen und stürmte nach vorn.

Ein Dutzend Pfeile bohrten sich in seinen Kopf und

Leib, trotzdem rannte er weiter, spießte noch einen Krieger auf und hätte weitergekämpft, hätte Mordo ihm nicht das Schwert mitten ins Herz gestoßen.

Der Büffel knickte mit einem Bein ein, dann stürzte er tot zu Boden. Mordo kümmerte sich nicht weiter um den Vorfall, sondern befahl die Suche nach Mark fortzusetzen.

Mark machte absichtlich ein Geräusch im Unterholz und raste weiter. Als er in die Nähe der roten Wiese kam, blieb er stehen, sah sich um und lauschte. Vom Spähtrupp keine Spur.

Er überquerte die Wiese und wartete im Schatten der Bäume nahe seinem alten Baumhaus. Diesmal musste er nicht lange warten.

Mordo und seine Männer kamen aus dem Dickicht des Waldes und suchten die Bäume ab. Einer der Krieger begann zu schreien, er war in eine Kolonie von Feuerkäfern getreten, die sich sofort über seinen Fuß hermachten. Der Mann wälzte sich über den Boden und versuchte sie abzukratzen.

Mordo befahl, den Mann zurückzulassen, und ging weiter. Mark tauchte kurz aus dem Schatten hervor, damit sie ihn sehen konnten, und zog sich dann wieder in das Innere des Urwalds zurück.

Flink kletterte er an einer Ranke empor und schwang sich auf einen Ast. Unter ihm marschierte Mordos Truppe durch die Dunkelheit und suchte ihn.

Mit Hilfe der Ranken schwang Mark sich von Baum zu Baum bis zu der Stelle, wo er die trockene Rinde versteckt hatte. Schnell schüttete er etwas von dem Schwarzpulver darüber und verschwand wieder auf einem der hohen Bäume.

Die Schreivögel verkündeten mit lautem Gekreisch die Ankunft der Soldaten.

Dann ertönte das Schnalzen. Die Affenbären begrüßten die Eindringlinge mit ihrem üblichen Bombardement von Baumsteinen.

Mit geladener Armbrust wartete Mark geduldig auf einem Ast, der über das Sumpfloch ragte.

Mordo führte seine Männer immer tiefer in den Urwald hinein. Er fluchte und drohte, was er Mark alles antun wollte, wenn er ihn erst gefangen hätte.

Mark lachte verächtlich und rief hinab: »Erst musst du mich kriegen, Mordo.«

Mit den Augen suchte Mordo die Baumwipfel nach dem Verursacher des Lachens ab. Plötzlich stürzte er über einen der Stolperstricke. Er und der Anführer seiner Truppe fielen kopfüber in das Moor.

Es war so dunkel, dass einige der nachfolgenden Männer blind hinterherstolperten und zu spät merkten, wo sie gelandet waren. Von ihren schweren Rüstungen wurden sie in die Tiefe gezogen und hatten keine Chance sich zu befreien.

Die übrigen Soldaten rannten auseinander und versuchten den Rückweg zu finden. Mark schoss einen Feuerpfeil in die erste Rinde mit Schwarzpulver. Die Explosion schleuderte mehrere Männer durch die Luft. Kaum hatten sie sich wieder gefangen, da kam schon der zweite Pfeil angeflogen.

Von Mordos Männern war nur noch eine Hand voll übrig. Und als Mark den grässlichen Schrei des Heulers nachahmte, rannten sie auf und davon.

Kapitel 56

Mark saß unter seinem alten Baumhaus und aß zusammen mit Willie Baumsteine. Am Tag zuvor war er dem verängstigten Haufen der Männer des Merkon gefolgt, bis er sicher gewesen war, dass sie den Urwald verlassen hatten.

Endlich fühlte er sich wieder frei. Nun konnte er in sein Dorf zurück und ein normales Leben führen. Er tätschelte Willies Kopf. »Willst du nicht mitkommen, alter Junge? Barow würde dich vergöttern.«

Der Gedanke an zu Hause beflügelte ihn. Schnell schluckte er den restlichen Baumsteinsaft hinunter und suchte seine Habseligkeiten zusammen. Wenn er sich beeilte, konnte er in weniger als drei Tagen dort sein.

»Also, was ist?« Mark machte Willie ein Zeichen. »Kommst du mit?«

Der Affenbär schnalzte laut, dann sprang er auf Marks Rücken.

»So ist gut.« Mark schulterte sein Gepäck und ging über die Wiese.

Er hatte fast die andere Seite erreicht, als er ein bedrohliches Zischen wahrnahm und etwas sich in seinen Arm bohrte.

Ein Pfeil. Der Schmerz zerriss seinen Körper. Vier von Merkons Männern traten mit angelegten Waffen hinter den Bäumen hervor.

Der Spähtrupp. Mark hatte ihn ganz vergessen. Anscheinend wussten sie nichts von Mordos Tod und der Flucht der anderen.

Mark hob die Hände, als wollte er sich ergeben, hechtete dann aber plötzlich in den Schutz der nahen Bäume. Willie sprang ab, als Mark auf dem Boden aufschlug. Der kleine Affenbär kletterte am nächsten Baum hinauf und schnalzte erschreckt.

Mark rappelte sich auf und rannte los. Die Späher waren ihm dicht auf den Fersen. Er rannte durch den Urwald ohne auf die Richtung zu achten. Sein einziger Gedanke war Flucht. Überleben.

Es gelang ihm nicht, sie abzuschütteln. Sein Arm wurde taub und er fühlte sich schwach. Trotzdem lief er weiter, tauchte mal nach rechts, mal nach links.

Ein lauter Donnerschlag zerriss die Luft, Blitze erleuchteten den Himmel. Mark rannte durch strömenden Regen, die Männer des Merkon waren nur noch wenige Meter hinter ihm.

Zu seiner Linken sah er einen Felsbrocken und raste darauf zu. Wenn er ihn noch erreichte, konnte er dahinter in Deckung gehen. Er fiel halb hinter den Felsen, langte nach einem Pfeil und legte die Armbrust an.

Der verwundete Arm war so geschwächt, dass er die Schnur nicht spannen konnte. Keuchend rannten die Späher auf Mark zu. Mit letzter Kraft schleppte er sich auf die Spitze des Felsens und zog sein Schwert, bereit sich auf sie zu stürzen.

Ein Blitz schlug im Felsen ein und schleuderte elektrische Teilchen wie Geschosse in alle Himmelsrichtungen. Ein blauer Lichtkanal umfing Mark und schüttelte ihn wild hin und her.

Er spürte, wie er fiel.

Mark hörte Menschen, die sich über ihn beugten und sprachen. Er tastete nach seinem Schwert. Er musste aufstehen und kämpfen. Bevor er starb, wollte er noch ein paar von Merkons Männern erledigen.

Erschöpft richtete er sich auf und schwang sein Schwert. Geschrei brach los und der Klang von Stimmen, die in einer fremden Sprache auf ihn einredeten.

Mühsam sah er sich um. Vor ihm stand ein merkwürdiger, kleiner Springbrunnen. Er war nicht mehr im Urwald, sondern in irgendeinem Gebäude. Die Menschen, die seine Kleidung und seine Waffen begafften, waren nicht von Transall.

Ein kleiner Junge trat aus der Menge hervor.

»Brauchen Sie vielleicht einen Arzt? Ich glaube, es gibt einen hier im Einkaufszentrum.«

Mark blickte auf den Pfeil, der aus seinem muskulösen Arm stak. Dann blickte er auf die Menschen. Er wusste, wo er war.

Er war in seiner Zeit.

In seiner Welt.

Der kleine Junge hatte ihn auf Englisch angesprochen.

Das blaue Licht hatte ihn zurückgebracht.

Epilog: Zwanzig Jahre später

»Doktor Harrison. Doktor Mark Harrison, bitte zum Bericht in den zweiten Stock.«

Die Stimme krächzte durch die Lautsprecheranlage.

Jemand stieß Mark am Ellbogen an. Er blickte vom Mikroskop auf. »Was ist los, Karen? Haben Sie etwas gefunden?«

Die junge Laborantin lächelte. »Sie werden ausgerufen, Doktor Harrison.« Sie zeigte auf den Lautsprecher.

Mark sah auf die Uhr. »Herrje. Ich komme schon wieder zu spät zur Vorstandssitzung. Bringen Sie mir doch bitte meine Aktentasche und eine Kopie der Daten, an denen wir heute Morgen gearbeitet haben.«

»Alles da.« Karen lächelte und reichte ihm die Tasche. »Und vergessen Sie die Krawatte nicht.«

Mark wühlte in seiner Tasche nach dem zerknitterten Schlips. »Wie ich diese Dinger hasse ...«

»Ich weiß. Aber Sie wollen doch Eindruck machen.«

Mark seufzte. »Stimmt. Vielleicht kann ich sie diesmal überzeugen.« Er ging zur Tür.

»Viel Glück, Doktor. Wir alle hier drücken Ihnen die Daumen.«

Mark winkte und verschwand.

Ein dunkelhaariger junger Mann in weißem Laborkittel gesellte sich zu Karen. »Meinst du, er kommt an das große Geld?«

Sie zuckte die Achseln. »Ich hoffe. Er sucht wie besessen nach einem Heilmittel. Er hat schon mehrere mögliche Impfstoffe gegen das Virus erforscht. Aber er muss die Regierung davon überzeugen, dass diese Erkrankungen von globaler Bedeutung sind.«

»Er ist schon ziemlich eigenartig. Gestern Abend hat er die letzten Versuche mit dem neuen Impfstoff gegen das Ebola-Virus durchgeführt. Und zwischendurch schaute er zur Decke und flüsterte: ›megaan, das ist für dich‹ oder so ähnlich. Also, was bedeutet denn ›megaan‹? Verrückt ...«

»Er ist ganz in Ordnung«, erwiderte Karen. »Ich glaube, er braucht einfach mal eine Pause. Am nächsten Wochenende will ich mit ein paar Freunden eine Wüstenwanderung durch die ehemalige Magruder Raketenbasis machen. Vielleicht lade ich ihn einfach dazu ein.«

»Den Doktor?«

»Ja. Warum nicht?«

»Der ist doch so ein Bücherwurm. Der würde wahrscheinlich nicht einen einzigen Tag in der Wildnis überstehen.«

»Er wird's schon überleben.« Die hübsche Laborantin lachte. »Es ist doch nur eine Wüstenwanderung. Was soll da schon geschehen?«